contents

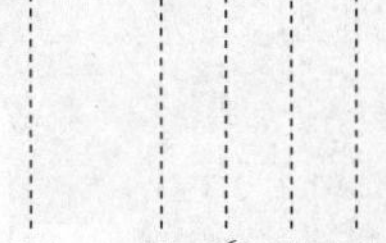

学校イチのモテ王子は、恋を知りたい
characters
みずき ひかる
水樹光
モテすぎが原因で、恋愛に抵抗があり、鈍感な面もある。たまたま話すようになった風香が気になるように!?
Hikaru Mizuki
Fuka Haruta
はるた ふうか
春田風香
高2。片想いしている光に、「恋、教えて」と言われてしまう。自分の気持ちを隠して光と距離を縮めていくが…。

Momoi Anna

桃井（ももい） 杏奈（あんな）

高1。「姫」と呼ばれている話題の美少女。光を狙っており、風香をライバル視している。

榎本（えのもと） 麗（れい）

風香のクラスメイトで親友。しっかり者の美人で、何かと風香の恋愛相談に乗っている。

Ryota Igara

五十嵐（いがらし） 亮太（りょうた）

高3。風香と小中高が一緒で仲もよい。光は、風香の片想いの相手が亮太だと思っていて…。

白川（しらかわ） 美里（みさと）

中学生のころから亮太と付き合っていて、風香とも仲がよい。明るい性格で人気者。

Misato S

水樹くんは、みんなの完璧な王子さま。


「俺に恋、教えてよ。春田さん」

どうやら彼は、恋を知らないようなのです。


「なんでかわいいって言っちゃだめ？」

「なんで俺にキスされたのに怒んないの？」

王子さまは知りたがりで、

「なんで、春田さんは俺のこと好きになんないの」

ときどき、ちょっと押しが強い。


これは、私とたったひとりの王子さまが、恋に辿りつくまでのお話。

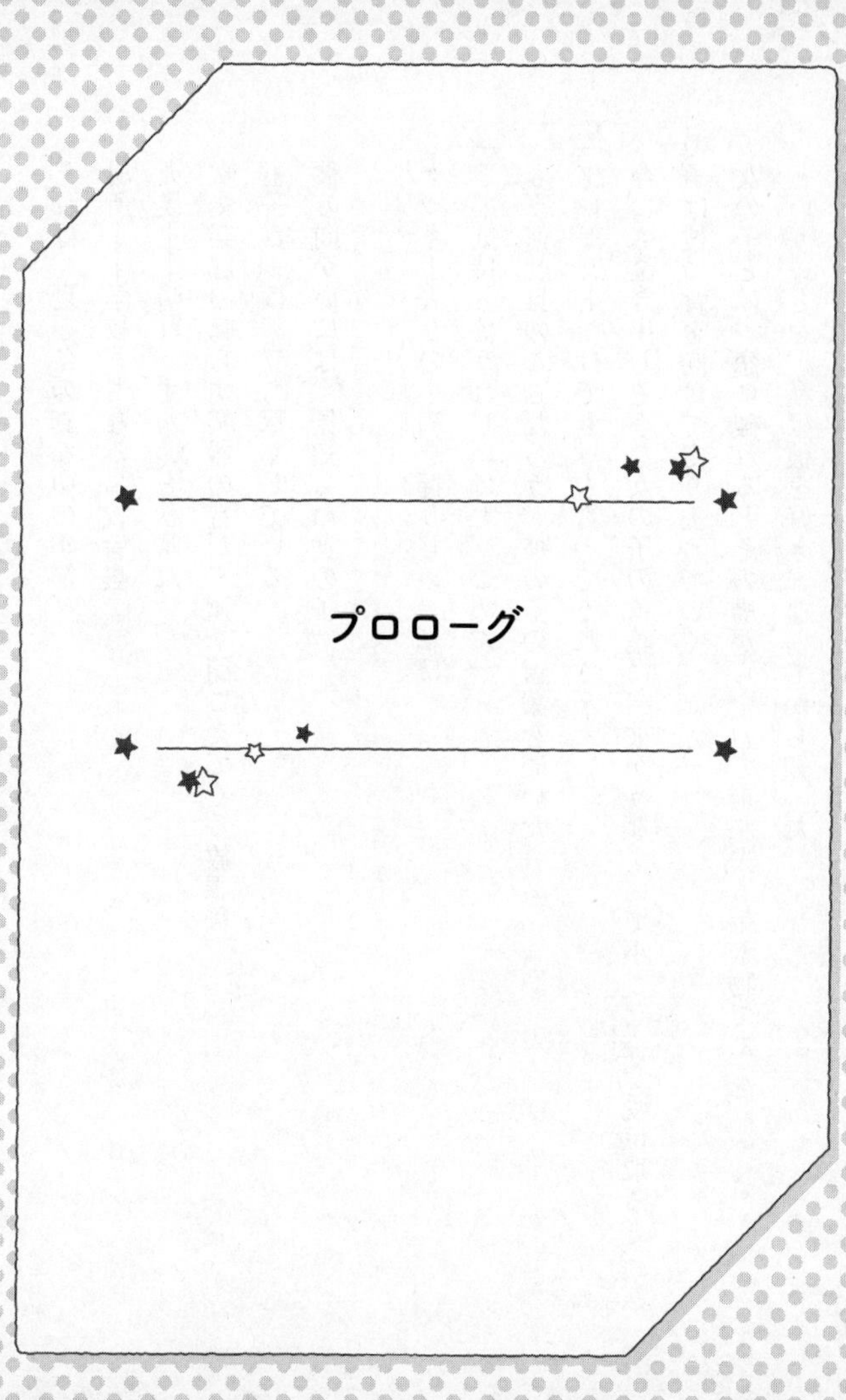

プロローグ

それは、夏と冬の真ん中の季節。

場所——学校、ちなみに校舎裏。

天候——晴れ、すかっと秋晴れ。

吹奏（すいそう）楽部の鳴らす楽器の音が、遠く聞こえてくる放課後。

王子さまは、立ち尽（つ）くしている。

彼の向かいには、見知らぬ女の子。


クッキー入りの小箱を握（にぎ）りしめて私は、

「……気持ちはうれしいけど、ごめん」

もう何度目のことだろう、彼のその言葉を聞いた。

「プレゼントだけでも、もらってくれる？」

今にも泣き出しそうな女の子の言葉に、彼がうなずいて小さな袋（ふくろ）を受け取ると、女の子は彼に背を向けて走り去っていく。

女の子とは、恋に破れるとその場から全力で走り去る生き物である。

ということを、私は彼を好きになってから知った。

彼は右手に持った淡いピンク色の小袋を、ぼんやり眺めている。

それはきっと、彼のクラスのロッカーの上にある、プレゼントの山の一角になる。

あらゆる女の子たちからの、彼への誕生日プレゼントでできあがった山。

あざやかな色とりどりの山。

でもそろそろ重みに耐えられずに、崩れちゃうかもしれないなあ。

そんなことを考えながら、私は茂みの中にしゃがみ込み、草[illegible]うにいる彼をただ見つめていた。

女の子が走り去った今、彼はその場にひとりきりで立ち尽くしている。

歩き出さない。

視線も小袋に落としたまま。

吹奏楽部のトランペットの、ちょっと外れた音が聞こえる。

その音の響きさえ、そこにいる彼のためのＢＧＭになってしまう。

彼は特別な男の子。

私はきゅ、と唇を結ぶ。

立ち尽くす彼の横顔が、いつもどうしようもなく寂しそうなこと。

それを見るたび、私の胸が痛むこと。
全部、彼を好きになって知ったことだった。

願いはひとつだけ。
笑って、王子さま。

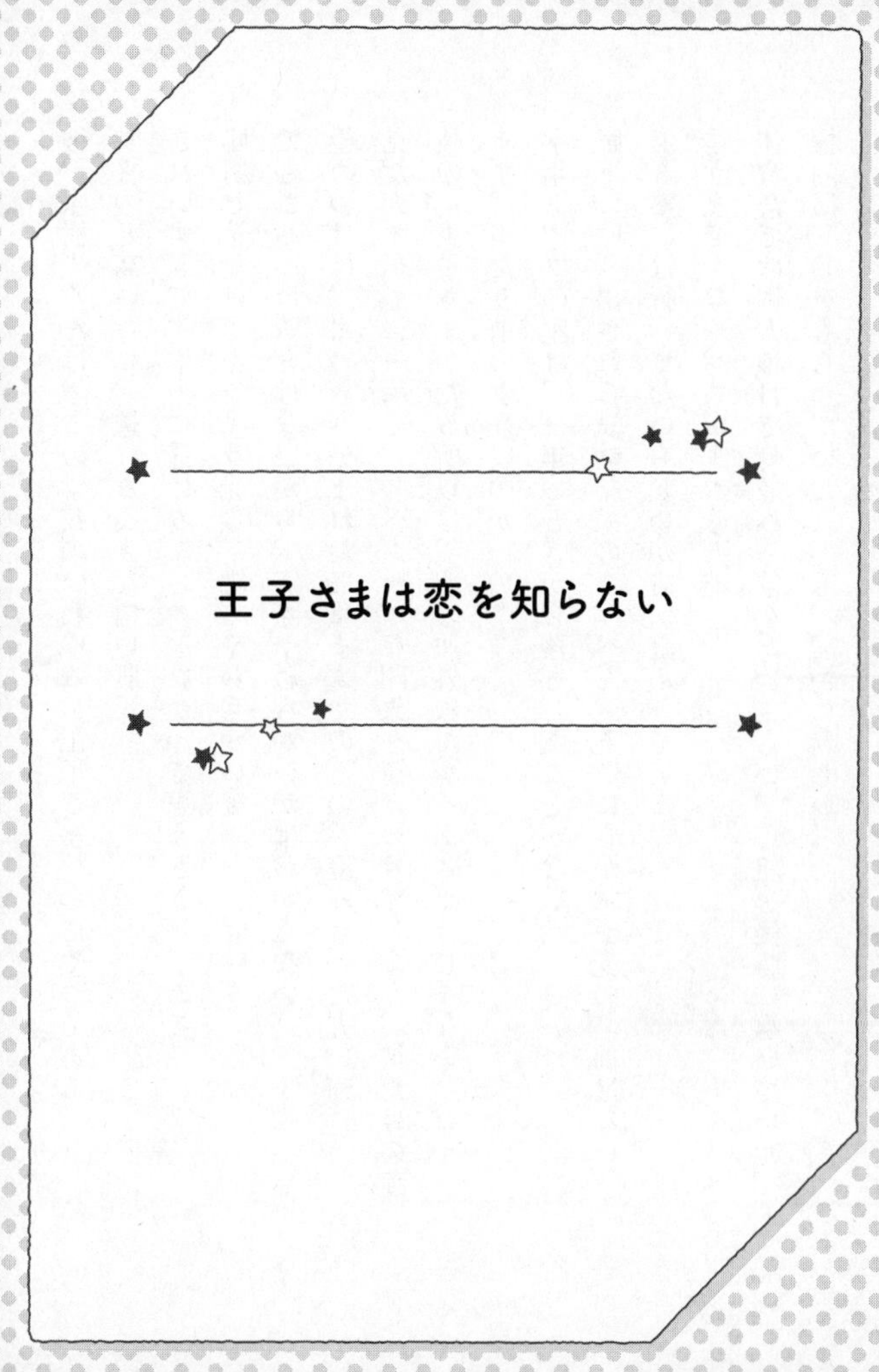

王子さまは恋を知らない

彼、水樹光くんは、この学校のいわゆる〝王子さま〟ってやつである。
すらっと高い背に、透けるような白い肌。
きれいすぎて、本当に透けるんじゃないかって思うときが、ある。
陽射しを受けてキラキラ光る、細くやわらかい髪。
でもさわったことはないから、実際やわらかいかはわからない。
極めつけは、くっきり刻まれた二重まぶたの下の、澄みきった丸い瞳。
見た人すべてに一瞬で、スペシャルな印象を植えつけてしまう、彼だけの瞳。
彼の〝王子さま〟たる所以は、その並外れたルックスだけじゃない。
まず、当たり前のように頭がいい。
学年トップの座は、一年のときから落としたことがない。
廊下に貼り出される試験結果のてっぺん、そこにしか水樹光の名前はない。
でも塾には行ってないらしいから、謎めいている。
言うまでもなく、スポーツも万能。
体育祭では個人種目で軒並み一位をかっさらい、C組を優勝に導いていた。
校内MVPをもらっていたことも、記憶に新しい。

でも部活には入っていないから、やっぱり謎めいている。
なんでも器用にこなしちゃうのに、彼はどこにも所属していないのだ。
かといって、高みの見物をしているふうでもない。
学内各層からの総評は、以下のとおりだ。

◆二年C組の男子評
『わけへだてなく優しく、明るく、気どらない性格』

◆二年の先生評
『できすぎて、対面するとちょっと緊張する』

◆全学年女子評
『完璧な王子さま』

――いずれの層からも支持を受け、水樹くんは〝王子さま〟として認知されているのである。

そして今日は、そんな彼の十七回目のバースデーだ。

この学校の女子という女子が迎える、一年に一度のXデー。

祭りである。大騒ぎである。

女子という女子がプレゼントを手に、勇気を出して彼に想いを伝える日。

でも悲しいことに、王子さまの体は世界にひとつしかないわけで。

今、私から見える水樹くんは、大変お疲れモードの様子。

細身のしなやかな体が、心なしか傾いている。

見ている私まで傾きそうだ。

無理もない。

水樹くんの今日一日は、まるで校内ツアーだった。

朝から今まで校内のあらゆる場所に呼び出され、放課後の今、ついに校舎裏まで辿りついたところなのだ。

なんとか今日最終の告白を断り終えた彼は、小さくひとつ息をついた。

そしてようやく、ゆっくりと歩き出す。

離れていく彼の背中を、私は茂みの中からじっと見つめる。

どうしよう、このままじゃ見失ってしまう。

手に持ったクッキーの小箱を、ぎゅっと握って立ち上がる。

追いかけるのは、今日が最初で最後だ。

今日だけ、あと少しだけ勇気を持って。

自分にそう言い聞かせて、私は彼の背中をこっそりと追った。


どこに行くんだろう。

水樹くんは校庭には戻らず、校舎裏の最南端まで迷いなく歩いていく。

そして、【立ち入り禁止】と書かれた錆びたドアの前で立ち止まる。

こんなドア、あったっけ。知らなかった。

驚く私をよそに、彼は慣れた手つきで、あきらかに裏口と思われるそこから校舎に入った。

ドアの向こうは、薄暗い。

掃除用具や、壊れた備品たちのひしめくスペースをまっすぐ進むと、最奥に階段が現れた。

そろりそろりと彼のあとをついていき、音を立てないようにのぼっていく。

のぼり続けて階段が終わると、踊り場にひとつ、またしても古びたドア。

鍵は、かかっていないらしい。

そのドアを細く開けてのぞき込んだ先には、青い空と屋上があった。

広がるコンクリートのその端に、なぜかイスがひとつ置いてある。

教室で使うような、いたってノーマルなイスだ。

彼はどさっと、倒れ込むようにそこに腰かけた。

深くだらしなく、長い脚を投げ出すように座ったその姿は、なんとまあ王子さま感ゼロパーセント。

淡いピンクの小袋を持った右手は、力なくだらんと垂れている。

……こんなところで、こんなことしていいの？　王子さま。

ごくり、息をのむ。

立ち入り禁止の屋上で謎のイスに座っている彼を、私は数センチ開けたドアの隙間から見つめた。

澄んだ瞳を眩しそうに細めて、もの憂げに秋晴れの空を見上げる。

その横顔にまた胸が痛くなって、ぎゅ、とクッキー入りの小箱を握ったとき。

「そこの人、いつまで隠れてんの？」

ドアの向こうから、出しぬけに声が聞こえた。

高いとも低いともつかない、さらさらと流れる川のように淀みない声。

それは、まぎれもなく彼、水樹くんの声。

私は目を丸くして、息を止める。

……まさか、まさかまさか、私に言っているんだろうか。

「きみに言ってんだけど」

水樹くんは空を見上げたまま、私の心の声に答えるように言った。

想定外のことに、体が硬直する。

心臓だけが破裂しそうなほど膨らんで、大きな音を立てている。

……水樹くんが、私に、話しかけている。

どうしようどうしよう、逃げたほうがいい？

だって私、今、ただのストーカー……。

違う！　ストーカーじゃない！

今日だけ、今日だけって決めて、ここまで来たんだ。

「……怒んないからこっちおいで」

いつまでたっても答えない私に、水樹くんは言う。

罪悪感と緊張、混乱、それらすべてをしのぐ喜びに支配されて、私はドアに手をかける。

ドアを開けたら、外に、水樹くんのいる世界に、行けるんだ。

手に力を込めてから、はっと思い出して、左手に持っていた小箱をブレザーのポケットにしまった。

ドアを開ければ、秋のにおいのする風が吹きつける。

鼓動のスピードが速すぎて、胸がドキドキじゃなくドドドドッと鳴る。

視界に映るのは、彼の背中と青い空だけ。

「見つかると面倒だから、早くドア閉めてくんない」

水樹くんは空を見るのをやめ、ゆるり、ようやくこちらを振り向いて言った。

かっちり目が合って、心臓が止まりそうになる。

「あ、はい……」

ドアを閉める手が震えている、どうしよう。

こそこそ彼のあとをつけてきた揚げ句、立ち入り禁止の屋上でふたりきりになってしまった。

「きみ、こんなとこで何してんの？」

水樹くんはじっと、澄んだ瞳で気だるげに私を見つめて聞いた。

私のドキドキも、気持ちも、すべて見透かしてしまいそうな瞳。

手だけじゃなく、足まで震えそうだ。

「誰かが入っていくの、見えたから」

体を乗っ取りそうな鼓動の音に耐えながら、平然を装って言うと、水樹くんはわずかに眉をひそめた。

「俺だからついてきたんじゃないの？」

私は慌てて、首を横に振る。

「立ち入り禁止ってドアに書いてあるの、前から気になってて……」

「ふーん……」

「ほんとたまたま、好奇心で！」

こんなに真っ赤な嘘をついたのは、生まれてはじめてかもしれない。

ばれるかな、ばれちゃうよね、普通。

告白の盗み聞きをして、あとをつけてきて、そのうえ嘘までついて、最悪だ。

もう、気持ちを伝えるどころじゃない。

水樹くんはしばらく黙って、疑いの目を私に向けていたけど。

「……ま、手ぶらっぽい信じるか」

私が手にプレゼントらしきものを持っていないのを確認して、ため息まじりに言った。

信じてくれた、みたい……？

私は心の中で、安堵と罪悪感のため息をつく。

「あの、ここ立ち入り禁止なのにいいの？」

嘘がばれてしまわないよう、必死に胸を落ちつかせて聞いた。

「だめだよ、だから早く出てったほうがいいよ」

水樹くんは、一切動じずに答える。

「うん、でも水樹くんは？」

「俺はもうちょい」

「もうちょい？」

「……もうちょい、ここにいる」

「ここで何してるの？」

「意外とぐいぐいくんね」

涼しい目で言われ、私はかちんと固まった。

しまった、調子に乗ってしまった……。

「な、何もないところなのに、この屋上もしかして何かあるのか⁉とか、ついつい気になってしまい！　ついつい聞いてしまい！　私ってば好奇心旺盛で困っちゃうなあ！　ほんと、えっと……、ごめんなさい、忘れてください」

恥ずかしいくらい、しどろもどろになる。

ださい、泣きたい……。

私が自分に打ちひしがれていると、水樹くんは、ふ、と少しだけ口角を上げて。

「……いっぷく」

ひとりごとのように、言った。

いっぷく。

水樹くんが、いっぷく、って言った……。

ただそれだけのことに、胸がきゅんとなる。

いっぷく、というワードだけでこんなに胸にきちゃうなんて、恋は不思議だ。

「なんもない場所だから、ここがいいの」

補足するように、水樹くんは言う。

私は、じーんとしてしまう。

さっきの私の言葉まで拾ってくれるなんて、優しい。

「お疲れ、ですか」

おそるおそる聞いた私に、水樹くんは、

「どっからどう見ても、お疲れ」

王子さまらしからぬ率直さで答えた。

……やさぐれ気味？

「疲れてるけど、疲れてますとは言えないから、ここでいっぷく」

なるほど。さすが王子さま。

「今、さすが王子って思った？」

鋭い視線で聞かれて、ぎくりとする。

王子さまは、読心術をお持ちなのかな……？

「……ごめんなさい、思いました」

「別に謝んなくてもいいけど」

気だるげなゆるい声で言う水樹くんに、胸が高鳴る。

きっと、普段は聞けない類の声。

録音して、毎日聞きたいような声だ。

毎日聞けたら、うれしいのに。

到底叶わないようなことを考えていると、水樹くんはイスの背もたれにだらん、と首を預け、流し目で私を見て聞いた。

「ねー、俺ってそんな王子？」

男子高生とは思えない、すさまじい色気に胸が痺れる。

そして、問い。

彼に恋をしている私にとって、それは難しい問いだ。

どう答えようか迷いに迷って、だけどずっと迷っているわけにもいかず。

「たぶん、はい」

無難な答えを選んでしまう。

へえ、とつぶやいた水樹くんは、投げるような口調で聞く。

「つーか、俺の知名度ってどうなってんの？　ぶっちゃけ」

「ぶっちゃけ……軽く全校生徒には」

「誕生日まで？」

「はい。えっと、王子なので」

私の返答に、水樹くんは小さくため息をついた。

「俺、生まれも育ちもふつーに一般家庭だけどね」

「……ぶっちゃけ？」

「うん、ぶっちゃけ」

水樹くんは不愛想に言って、イスの上でぐーんと伸び。

王子さま王子さま、ともてはやされる彼のオフショットに、私は思わず目をそらす。

眩しすぎる。

視界の端で、秋風がそよそよと彼の髪を揺らしていた。

私の心も、ゆらゆら揺れる。

「ねーみぃ」

そうこぼす水樹くんは、いつものきれいな顔で、淀みのない声で、だけどすっかり力が抜けている。

ゆるい空気をまとった水樹くんには、青空がとても似合う。

そう思ったとき、ちくんと胸が痛んだ。

胸の痛みが思い出させる。

私は水樹くんに、恋をしているんだ。

これ以上ここにいたら、自然体の彼を見たら、もっともっと好きになってしまう。

……行かなくちゃ。

心の中で自分に言う。

早く、ここから立ち去らなくちゃ。

浮かれてすっかり忘れていたけど、多くの女の子と同じように、私にとっても今日はXデーだったのだ。

ブレザーのポケットには、愚かな嘘で出番をなくしたクッキーの小箱が入っている。

……でもきっと、嘘なんかつかなくても渡せなかった。

私にはできない。

さっき校舎裏で見た、今までに何度も見た、立ち尽くす水樹くんの寂しげな横顔。

私がいちばん、見たくない顔。

彼に告白すれば、私もほかの女の子たちのように、ほぼ百パーセントの確率で振られる。

『……気持ちはうれしいけど、ごめん』

その言葉を、茂みの中からじゃなく、物陰からじゃなく、真正面から聞くことになる。

悲しいけど、それは仕方がない。

今までまともに話したこともないんだから、振られて当然なのだ。

でも、問題はそのあと。振られたあと。

私はほかの女の子たちと同じように、彼に背を向けて、ただ走り去ることしかできないだろう。
そして彼はまた、ひとり立ち尽くすはめになる。
寂しげな顔で、ため息をついて。
そんなのはいやだった。
そんなのは本末転倒(ほんまつてんとう)だ。
そんなことになるくらいなら、この気持ちはしまっておくべきなんだ。
あんな顔をさせるために、水樹くんを好きになったわけじゃないから。
もう、ずっと前に結論は出ていた。
それなのに、クッキーなんて焼いてきたのが悪かった。
追いかけるのは、今日だけ。
そう決めて、こんなところまでついてきたのが悪かった。
泣き出しそうな気持ちをこらえて、最後の言葉を探す。
だけど伝えたい言葉なんて、
――好きです。
本当はそれしかない。

でも言えないから、言えないなら、笑って。

「えっと、じゃあ。風邪、ひかないようにね」

「風邪？」

「ほら、ちょっと気温、下がってきたから」

「……うん」

「では！　またどこかで会いましょう！」

切ない気持ちを押し殺し、できるだけさわやかに片手を上げてドアに手をかけたら。

「帰んの？」

後ろからそう言われて、心臓がひときわ大きく音を立てた。

……だってさっき、早く出ていったほうがいいよって。

ゆっくり振り返り、水樹くんを見ると。

「もうちょっといればいいのに」

こっちを見ないで、前を向いたまま彼は言った。

ゆっくり優しく握られたように、心臓が締めつけられる。

水樹くんの表情は見えない、後頭部しか見えないのに。

言葉ひとつ、声ひとつなのに。

――恋って不思議だ。

「……いても、いいの？」

「いいんじゃない？　俺の場所でもないし」

「う、ん」

「まー見つかったら、たぶん怒られるけど」

水樹くんはすたた、と長い脚で立ち上がると、振り返って私を見つめる。

きれいな瞳の形は変えず、唇だけで笑って言った。

「そこは自己責任ね。春田さん」

私は思わず、目をみはった。

……春田さん、って。

「な、なんで私の名前、知ってるの……？」

「あれ、去年、園芸委員で一緒（いっしょ）じゃなかったっけ」

水樹くんはつぶやきながら、すたすたと私の死角へ歩いていったかと思えば。

どこからか、もうひとつイスを持って帰ってくる。

自分のイスのすぐ横に並べて置いて、座面を手でぱんぱんと払う。
「ん。座れば？」
それだけ言って、もと座っていたイスに座った。
私はドアのそばに立ったまま、こくり、うなずく。
胸がいっぱいだ。
聞きたいことが、たくさんある。
ここには、しょっちゅう来るの？
なんでこんなところに教室のイスがあるの？
でも今、そんなことを聞く余裕なんてない。
ただ、名前を呼んでくれたこと。
私のイスを用意してくれたこと。
ここにいていいよって言ってくれたこと。
それがうれしくて、うれしさで胸がいっぱいで。
「……ありがとう」
泣き出しそうな気持ちをこらえて、水樹くんの隣に座った。

いつも教室で使っているイスと同じ、硬い木の感触。

だけど水樹くんと並んで座るこのイスは、私の中でどこまでも特別だ。

それは、水樹くんが王子さまだからじゃない。

彼が私の、好きな人だからだ。

たったひとりの、好きな人だから。

……でも、私がいて邪魔じゃないかな？

せっかくいっぷく、してたのに。

どうか邪魔になりませんように。

そっと祈って盗み見た横顔は、ゆるやかな風を受けて、気持ちよさそうに目を細めていた。

心臓が、とくんとくん、と音を立て続ける。

「園芸委員で一緒だったなんて、よく覚えてたね？」

勇気を出して、気になっていたことを聞いた。

まともに話したことがない上に、私が彼の前で声を発したのは、たぶん今までで一度だけだ。

去年、つまり一年生のとき、たまたま同じ園芸委員だった。

その最初の集まりで、ひとりずつ自己紹介をしたときの、一度きり。

それは間違いない。

私の自己紹介が水樹くんの印象に残った、なんて奇跡があったのかな。

ふと抱いた淡い期待は、

「俺、一回聞いた女子の名前、忘れないから」

こともなげな水樹くんの答えに、あっさりはじけ飛んだ。

「それはなんていうか、すごいね」

ショックを受けているのがばれないように、とりつくろって言うと。

「だって名前を覚えてもらえないことって、女子にとって世界の終わりに匹敵するんでしょ？」

水樹くんはそう言って、うかがうようにちらりと横目で私を見た。

名前を覚えてもらえないことが、世界の終わりに匹敵する？

なんだそれ？

「そんなこと、誰に教わったの？」

「小五のときに告白してきた、隣のクラスの坂上さん。名前知らないって言ったら、一年のとき同じクラスだったのに、覚えてくれてないなんて世界の終わりだって。一時間近く泣かれた」

な、なるほど。

当時の光景が、ありありと想像できた。

世界の終わりだ、なんて言われて女の子にわんわん泣かれたら、小学五年生の男の子はびっくりしちゃうだろう。

「……大変だったね」

幼い水樹くんの困惑に、思いをはせていると。

「まーでも、俺が泣かせたことに変わりはないし」

整いに整った横顔で、水樹くんはあっさり言った。

私はぱちり、瞬きをする。

もしかして、水樹くん。

「……それで女の子の名前、忘れないようにしてるの？」

おずおずと聞くと、水樹くんはけろっとした顔でうなずく。

「できるだけね」

私はちょっと、唖然としてしまった。

「経験則でいくと、出会う女の子の八割方は俺のこと好きだからね」

自慢げでもなく、ただ事実を述べるように、水樹くんはさらっと言う。

さらっと言うけど水樹くん、いくらなんでもそれは無茶だよ。

園芸委員の集まりだって、一年生から三年生まで教室にみんな集まって、全部で三十人はいたはずだ。

女子がその半分だとしたら、十五人。

ただの自己紹介だけで、十五人の女の子の顔と名前を覚えなきゃいけないなんて。

……そりゃ、疲れもするよ。

ぼんやり座っている隣の水樹くんを見つめて、そんなことを考えていたら。

あろうことか、ぐう、おなかの音が鳴った。

私は、ばっとおなかを押さえる。

な、なんでこんなときに鳴るかなあ……⁉

恥ずかしい、消えたい。

聞こえたかな、聞こえちゃったかな……？

そろり、横を見ると、水樹くんはそのきれいな顔でじーっと私を見つめて。

「おなかすいてんの？」

ストレートに聞いてくるから、私は真っ赤な顔で首をぶんぶん振る。

聞こえなかったふりするとか、あえて笑い飛ばすとか！

そういうフォローはしないタイプなんだなあ、王子さま！

「ぜ、全然（ぜんぜん）すいてない、大丈夫（だいじょうぶ）！」

慌てて言うと、水樹くんは膝（ひざ）の上に乗せていた小袋をつまんで私に見せた。

「これ食う？」

胸がきゅんとする。

食う、だって。

水樹くんは、食うって言うんだ。

食べる、じゃなくて、食うって。

ああ、こんな小さな発見にいちいちときめいていたら、心臓がもたない。

許されるなら、『食う』と返したい。

でもそれは、私が食べるわけにはいかない。

「いや、いただけないよ」

「クッキー嫌い？」

「嫌いじゃないけど。……ねえ、なんでクッキーってわかるの？」

淡いピンクのその小袋は、透明じゃない。

まだ開けられてもいない。

「重みと感触でわかんの。甘いにおいするし。このパターンはクッキー」

水樹くんは言って、かわいらしくラッピングされたそれを、しなやかな指先で容赦なく開ける。

つまんだ一枚のクッキーを、得意げな顔で私に見せて言った。

「ほら、クッキー」

クッキーそのものじゃなく、袋の中身がクッキーだと言い当てたことを、純粋に自慢しているらしい。

かわいい。かわいすぎる。

知らなかった無邪気な一面に、また胸がきゅんとなる。

それにしても。

「もらい慣れてるんだねえ、プレゼント」

思ったままつぶやいたら、きゅんとしたばかりの胸がまたすぐに痛くなった。

ポケットに隠した、クッキーの存在を思い出したから。

昨日の夜、ほとんど寝ないで作った。

もう二度と渡せることはないクッキー。

まーね、と言った水樹くんは、つまんでいたそれをぽいと口に入れる。

「……おいしい？」

「普通に甘い」

「それはよかった」

笑顔を作りながら、また胸が痛くなってしまう。

水樹くんがいやってほどのプレゼントを受け取っていることは、知っている。

誕生日だけじゃない。

バレンタインも、クリスマスも、なんでもない日も。

今日、C組のロッカーの上にある、プレゼントの山だって見た。

それでも、ほかの女の子が作ったクッキーを食べている水樹くんを見るのは、つらかった。

私はなんて身のほどしらずなのだ。

「……春田さん、こっち見すぎ」

もぐもぐしている水樹くんが、横目で私を見て言うからはっとする。

「欲しいなら欲しいって言いなよ」

「欲しくない、欲しくない！」

そんなの食べたら死んじゃう、悲しみで。

それなのに水樹くんは、呆れ顔でため息をついて言う。

「おなか鳴らしてたくせに」

「そういうのは言わないで⁉」

「あ、まさか照れてんの」

「照れてません⁉　全然⁉」

「えー、めっちゃ照れてるじゃん」

「照れてないです！」

「さっきからなんで敬語？」

「とにかく照れてない！」

「じゃー口開けて」

え？と思ったときには、クッキーを口元に差し出されていた。

「う、え……？」

「口。開けて」

優しくささやかれて、驚きで強張（こわば）っていた体の力がへなへなと抜ける。

水樹くんって、水樹くんって、〝ナチュラルたらし王子〟だったんだ……！

嘘だ、ああ、こんな日が来るなんて。

水樹くんから、ほかの女の子が水樹くんのために作ったクッキーで、あーんされる日が来るなんて。

なんたる悲劇……。

だめだ、ほだされちゃ。

断れ、断るんだ、私。

食べたらとんでもない気持ちになるぞ。

そう思いながらも、小さく唇を開いてしまう。

だって水樹くんの澄んだ瞳が、私に有無を言わせない。

笑いたかったら全人類、笑ってくれていい。

たとえどんな理由があったって、水樹くんにこんなことをされて、拒否できるはずがない。

「はい、いい子」

唇を開けた私を見て、恥ずかしげもなく真顔で言う水樹くんの声に、ぎゅ、と目を閉じた瞬間。

ほろほろと甘いクッキーが、口の中に入った。

……うう、やってしまった。

クッキーを作ったあの女の子への申し訳なさもあいまって、涙が出そうになる。

甘い、おいしい、つらい。

悲劇のクッキーをもぐもぐしながら、いろんな感情に耐えている私の顔を見て、水樹くんは呆れたように言う。

「最初から素直にくださいって言えばいいのに」

くださいも何も、欲しくないんだってば……！

でもそんなこと言えないから、ごくん、のみ込んで別の言葉を口にした。

「こういうの、全部食べてるの？」

「こういうのって？」

「お菓子とか、食べ物のプレゼント」

「まさか。おなか壊すわ」

総量すごいよ、と水樹くんは続ける。

知ってるよ、と私は思う。

「じゃあ、食べきれないぶんは？」

「兄貴が食う」

わあ、水樹くん、お兄ちゃんいるんだ⁉

兄貴って呼んでるんだ⁉

再びの新たな発見に、愚かな心がまた喜んでしまう。

状況は悲惨だというのに。

「お兄さん、甘いの好きなんだ？」

「際限なく食う。あいつは将来糖尿確定」

微妙に韻を踏んでいて、思わず笑ってしまった。

王子さまの口から、将来糖尿確定、なんて言葉を聞く日が来るなんて。

「じゃあ、プレゼントをいつも全部もらってるのはお兄さんのため？」

「いやそんなわけなくない？」

すかさず言われて、私は首をひねった。

「え、どうして？」

「兄貴のために焼き菓子をもらってくる男子高生なんて、この世にいないよ、気持ち悪い」

なかなか毒舌だ。

んん、違うな。

毒舌っていうよりは、たぶんすごく正直。

「じゃあ、なんで？」

全部断らずにもらうのは、水樹くんの優しさ？

──王子さまは、どんなプレゼントも絶対に断らない。

わが校では有名な話だ。

クリスマスのプレゼントであろうと、バレンタインのチョコであろうと、必ず全部もらって持ち帰る。

だからみんな、渡すのだ。

さっき本人が言ったように、その総量はすごい。

受け取るほうは大変だろうに、どうしてひとつも断らないの？

私の問いに、水樹くんは前を向いたまま答えた。

「全部もらわないと学級崩壊が起こる」

「学級崩壊……？」

予想外の言葉に、私は首をかしげる。

水樹くんは、うん、と軽くうなずいて淡々と語りはじめた。

「中二の誕生日のことでした」

「はい」

「放課後、クラスの女の子から呼び出されて、今日みたいにお菓子とかいろいろもらったんだけど」

「うん」

「ひとりからもらってると、ほかの女子も一気に集まってくんのね」

「だろうね」

「でも俺、その日は先生に呼び出しくらってて。職員室に行かなきゃで。やむをえず途中で切り上げたわけ」

「プレゼント祭りをね」

「そー。で、そしたら次の日、学級崩壊」

水樹くんは言って、クッキーをまた一枚食べた。

「プレゼント受け取ってもらえた派閥と、受け取ってもらえなかった派閥で、女子がもめにもめて。見かねて仲裁に入ってくれた俺の友達、女子にボコられてケガするし。女子間の溝はさらに深まるし。そこからさらにいろいろこじれて、一時期まともに授業もできなくなった」

ザッツイズ学級崩壊。と、水樹くんは最後に言った。

私は恐れおののきながら、何度かうなずく。

そしてまた、C組のロッカーの上にあるプレゼントの山を思い出した。

……そういう事態をふせぐために、もらってるんだ、全部。

「大変だったね」

私がねぎらうと、他人事みたいに相槌を打つ水樹くん。続けて、

「わかんないんだよね」

前髪を風にそよがせ、長いまつ毛を伏せて言った。

「……何が？」

「泣きわめいたり、むやみに誰かを怒ったり、わざわざプレゼント作ったり買ったり。そういうエネルギーが、どっからわいてくんのか」

皮肉じゃなく、本当にわからない、というように言うから、胸がざわざわした。

もしかして、水樹くんは……。

そっと、ポケットの中の小箱に触れて尋ねる。

「……水樹くんは、恋、したことないの？」

「一切ない」

水樹くんは即答した。

「春田さんはあんの？」

横目で問われて、私は思わず視線をそらす。

「……ある、よ」

「えーまじ？　先輩っすねー」

からかうように薄く笑って言う水樹くんに、慌てて首を横に振る。

そんないいもんじゃないし、好きなのはあなただし。

現状、永久に片想いの流れ出し。

「恋・恋・恋ってみんな言うけどさ」

水樹くんは気だるげにつぶやき、イスの上に片足を上げると、

「……恋ってそんなスバラシイもん？」

立て膝に頬杖をついて聞く。

「わかんないんだよね、俺、泣かしたことしかないし」

どこか寂しそうな顔で、そんなことまで言うから。

どうしようもなく切なくなった。

ねえ、水樹くん。

私は心の中で、水樹くんの横顔に語りかける。

坂上さんの世界の終わりも、学級崩壊も、水樹くんのせいじゃないよ。

水樹くんに告白した女の子が泣くのも、走り去るのも、水樹くんのせいじゃない。

そのことを、この人はちゃんと理解しているんだろうか。

……きっとしていない。

していないから、女の子の名前を全部覚えようとしたり、プレゼントを律儀に全部もらったりするんだ。

坂上さんの話も学級崩壊の話も、私にはさらっと話してくれたけど。

本当は責任を感じて、そのたび立ち尽くして胸を痛めている。

……そんなこと続けてたら、水樹くんの心がもたない。

何も言えずにいる私に、水樹くんはぽつりと尋ねた。

「春田さんにとって、恋ってどんなの？」

ああ彼は、なんてまっすぐな男の子なんだろう。

なぜだか泣き出しそうな自分を叱って、うん、私はうなずく。

きちんと答えたい、そう思ったから。

私の好きな人は、この学校の王子さまは、恋を知らない。

知らないから、告白されてもプレゼントをたくさんもらっても寂しいんだ。

恋は、ただ胸の中にあるだけで、あたたかくて優しいものなのに。

たくさんの女の子が、水樹くんを想って胸をあたためているのに。

水樹くんはそれを知らないから、気持ちに応(こた)えられない、傷つけてしまう、そんな感情しか胸に残らなくて寂しいんだ。

それが、私はいやだったんだ

教えなくちゃ、と強く思う。

声が震えないことを祈りながら、口を開く。

恋は。恋は……。

「……人を優しくさせるもの」

「優しく？」

「うん。たとえば。……たとえば、だよ？」

「ん」

「その人が寂しそうにしてたら、笑わせてあげたいなあって思うの。寂しそうにしてる理由が何か、なんて、関係ないの。ただ笑わせてあげたいなあって思うの」

「……なんで？」

問いかけてくる水樹くんの瞳があまりにまっすぐで、胸が震えてしまう。

そんなの、なんで、なんて。

「笑顔が、見たいから」

「それだけ？」

私の言葉に顔をしかめる水樹くんに、微笑んで言う。

「……そういう、わがまま」

「わがまま」

復唱されて、あ、と気づく。

「あれ、優しくさせるもの、じゃないね？　ごめん」

こんなにもたしかな気持ちなのに、どうして上手に言葉にできないんだろう。

悔しい。

もどかしさに唇を噛んだとき、隣の水樹くんが、ふ、と笑った気配があって。

「優しく、で間違ってないんじゃない」

穏やかな声で言ってくれるから、鼻の先がじんわり痛くなった。

伝わった、んだろうか。

「恋したことないから知らないけど」

つぶやく水樹くんに、思わず、ふふ、笑ってしまう。

「あー先輩、俺のことバカにしてます？」

「してないしてない！」

「ひどいな先輩」

「先輩ってやめて？」

笑いながら思う。

水樹くんは、何もかも完璧な王子さまなんかじゃない。

たぶん、ただただ優しい王子さま。

それは、おとぎ話の王子さまがこれ見よがしに与えるような、そういう優しさじゃなくて。

ひとりの男の子としての、まっすぐな優しさだ。

……この人が好きだなあ。

もう何度目だろう、そう思ったら、笑いながら泣きそうになる。

泣いちゃだめだ。

今、こんなに楽しいんだから。

切ないけどちゃんと、伝わったことがうれしいんだから。

そう思って、鼻先の痛みに耐えていたら。

隣から伸びてきたきれいな手に、きゅ、とそこをつままれた。

「……寒い？」

急に真面目な顔で聞かれて、心臓が鳴る。

「……寒くないよ？」

「でも鼻、赤い」

それは、水樹くんが好きだから。

水樹くんが好きで、それだけで涙が出そうだから。

今見つめ合ったら、彼の澄んだ瞳を通して、気持ちまで全部伝わってしまう気がして、とっさに目をそらす。

でも水樹くんは、私の鼻に触れたまま私を見つめ続けて。

「ねー、春田さん」

やわらかな声で、私の名前を呼ぶ。

風が立てる音も、吹奏楽部が鳴らす音も、何も聞こえない。

ただ胸の音だけ。

「恋、いいかもね」

鼓動だけ、うるさい。

「……そ、ですか」

「春田さんのおかげで、興味わいた」

水樹くんは鼻先をつまんでいた手を、そのまますらり、頬にすべらせて。

「こっち見て」

誘うように、そっとささやく。

とくんとくん、鳴り続けている、音。

例によって、彼にあらがえない私は、ゆっくり視線を上げる。

頬に手をそえられたまま、視線がぶつかった瞬間。

「俺に恋、教えてよ。春田さん」

落とすように、水樹くんは言った。

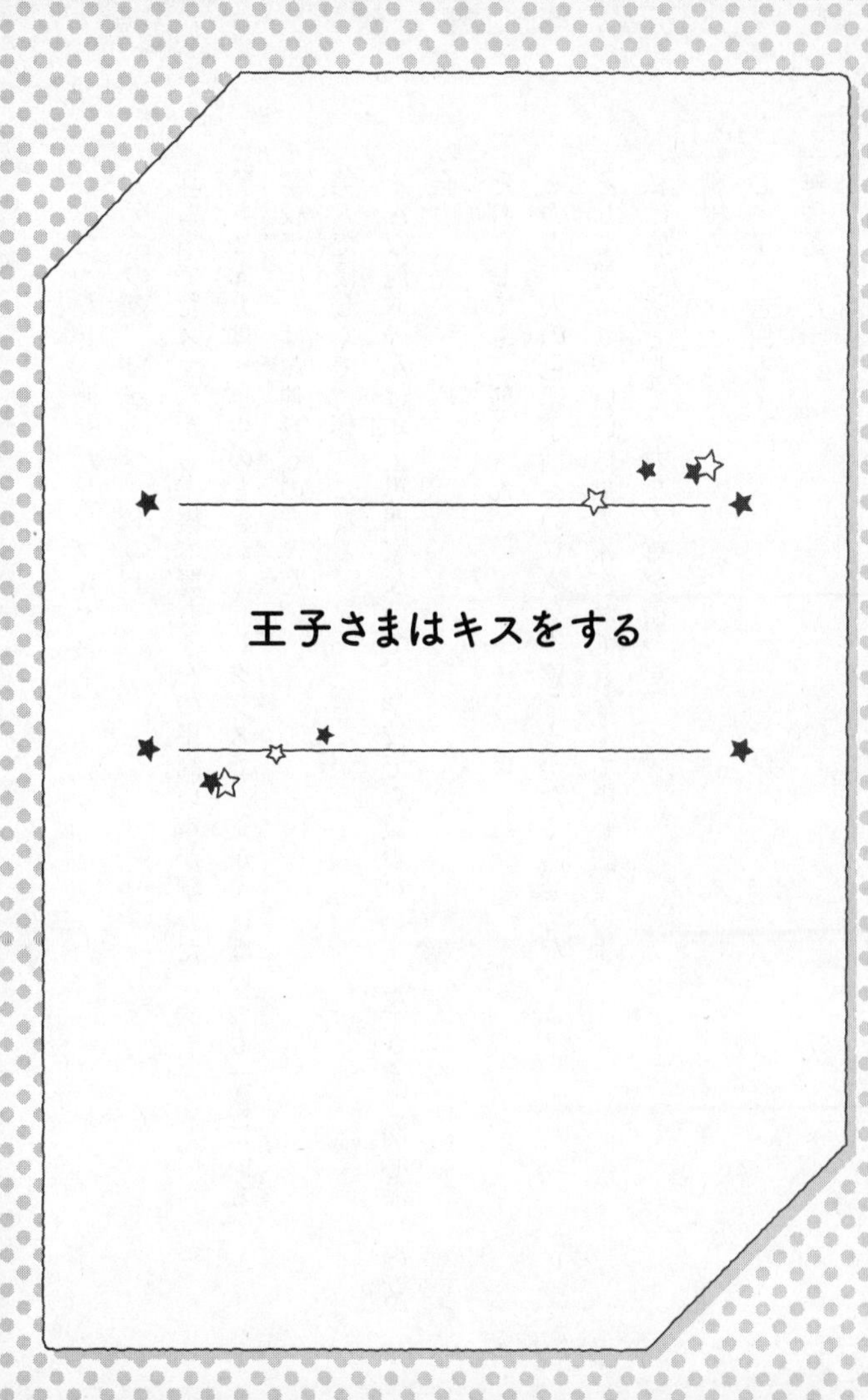

王子さまはキスをする

《どーだった⁉　渡せた⁉　プレゼント》

Xデーの夜、自室のベッドの上。

耳に当てたスマホから、榎本麗ちゃんの甲高い声が響いた。

麗ちゃんとは一年生のときから同じクラスで、気がつけばいつも一緒にいる。

学校でいちばん仲良しの友達だ。

美人で優しくて、頼りになる。

そんな麗ちゃんは年上専門家なので、学校でも数少ない〝王子さま無関心派〟の女の子。

それにしても、麗ちゃん。

その声、人の色恋事情へのワクワク感をまったく隠せてないよ？

そして何より、いい結果の報告ができなくて申し訳ないよ。

私は肩を落として、力なく首を振った。

「渡せなかった……」

《じゃー、告白も？》

「無理だった」

《うーん、結果は去年と一緒かあ》

残念そうに言われて、心臓が小さく鳴る。

「……去年と一緒、では、ないかも」

小さな声で言うと、麗ちゃんは、え⁉　なになにどういうこと⁉と声を張り上げる。

どういうこと、なんだろう……。

ベッドの上で正座して、まだドキドキしている胸を押さえる。

すう、と息を吸い、私は屋上での出来事を麗ちゃんに話した。

『俺に恋、教えてよ。春田さん』

私の頬に手をそえて、瞳を射抜くように見つめて、水樹くんは言った。

すぐに断るべきだったと思う。

だって、ろくに男の子と付き合ったこともない。

ただ水樹くんを好きなだけの私が、水樹くんに恋を教えるなんてできるはずがない。

それなのに。

こくり、うなずいてしまった。

『……でも、教えるって？』
『んー。ときどき、ここで会お』
水樹くんは言って、なぜか両手で私の頬をむに、とつまんだ。
水樹くんと違っていい顔じゃないんだから、うう、ブスになる……。
『会う、だけでいいの？』
水樹くんは何が不思議なのか、首をかしげて私の頬をむにむにし続けている。
『手取り足取り教えてくれんの？』
頬をつままれたまま首を横にぶんぶん振ると、水樹くんがふ、と小さく笑うから。
うれしい、と胸が鳴った。
パブロフの犬か、私は。
『冗談。会うだけでいいよ』
『あの、力不足じゃないですかね？』
聞くと水樹くんは少し黙り、私の頬をむにむにするのをやめて。
『春田さん俺のこと好きじゃないし、ちょうどいいよ』
真面目な顔でそんなことを言った。

『俺のこと好きな子にはこんなこと頼めないし』

そうだった。

私は今日、たまたま好奇心でここに来ただけなんだ。

そういうことに、自分でしちゃったんだ。

現状に打ちのめされている私をよそに、水樹くんは言う。

『あとなんか、春田さんと会うだけで勉強できる気するしね』

その言葉を聞いて、ああ、水樹くんは本当に恋をしたことがないんだ、そう思った。

だって恋は、誰かから教えてもらうようなものじゃない。

ましてや、勉強するものじゃ。

そんなことも知らないなんて、この王子さまはちょっとずれている。

あと、たやすく触れすぎだと思う。

うれしいけど、うれしくなっちゃうけど。

『いつ会うの？』

悲しいのかうれしいのか、もう全然わからなくなりながら平然を装って聞く。

『んー。晴れの日？』

『晴れの日?』

『ここ屋根ないし。晴れの日、ここで会お』

『……晴れの日って、なんかざっくりしてるね?』

晴れの基準は人それぞれだ。

『んー、たしかにざっくりしてんね。あ、春田さんこのアプリ入れてる?』

水樹くんはブレザーのポケットからスマホを取り出して、太陽のマーク、オレンジ色のアイコンのアプリを見せた。

『入れてない』

『じゃー今入れて』

あくまでマイペースな水樹くんに言われるがまま、同じアプリを取る。

ダウンロードが終わると、水樹くんは満足げに言った。

『このアプリで、晴れ予報の日の放課後ね』

私はまたしてもこくり、従順にうなずいてしまう。

水樹くんと、何かしらの関係を持っていたくて。

水樹くんが求めてくれるものに、応えたくて。

バカだ、バカだな、でも。

『水樹くん』

こうやって名前を呼べることが、やっぱりとてもうれしい。

『んー？』

水樹くんが、ゆるく、だけどきちんと返事をしてくれることが、うれしい。

『お誕生日、おめでとう』

心を込めて言った。

これだけは言っておきたかったから。

言えて、よかった。

『……ありがとう』

『明日、晴れ、だね』

熱っぽい頭で、スマホに目を落として言うと、

『ん。会おーね』

どこかうれしそうな声で、水樹くんが言ってくれたから。

もうバカでもなんでもいいやって、思ってしまった、私のバカ。

ここまでの話を終えたら、スマホの向こうの麗ちゃんはしばらく沈黙。

それから。

《……風香、あんた》

「はい」

《王子の懐もぐり込んどいて圏外ってどういうことよ》

さすが麗ちゃん、険しい声で状況を端的に指摘してくれちゃう。

スマホを耳にくっつけたまま、私はどさっとベッドに倒れ込んだ。

『春田さん俺のこと好きじゃないし、ちょうどいいよ』

枕に顔をうずめて、水樹くんに言われた言葉を思い出す。

やっちゃったなあ、ああ。

でももともと伝えられないって、そう思ってたんだし、いやでも。でも。

《一世一代の告白しに行ったんでしょ？》

「うん」

《それがなんでこんなややこしい話に？》

「わかんない、なんか終始、水樹くんのペースで」

《まあ、相手は王子さまだしね……》

麗ちゃんに言われて、私はころん、天井を向く。

「王子さま、かぁ……」

つぶやいて、去年の春のことを思い出した。

桜の花咲く入学式の日、学校は異様な雰囲気に包まれていた。

血眼で校舎を走りまわる、たくさんの女子生徒たち。

興奮した彼女たちの声は、四方八方で響きわたっていた。

『み、水樹くん何組⁉』

『C組！　あたし一緒だうれしさで死ねる！』

『ぎゃあ、離れた！　でも同じ高校ってだけで幸せ死ねる！』

「つーかC組って。王子中央配置説、高校でも継続じゃん』

『あれでしょ、水樹くんが平等に供給されるように絶対真ん中のクラスに入るやつでしょ』

『E組までだから……、うわあ、まじで真ん中！』

『さすがだよね〜、ああん、見てよあの完璧なまでの王子ルック……』
『生きる力！　美しさの権化！』
『顔よし頭よし性格よし、スポーツ万能、はい万歳！』
『幼稚園のころから王子で通ってるらしいけどさ……』
『はあ、私だけの王子になってくれ、頼む……！』

そんな騒ぎを、私はふうん、のひと言であっさりスルーしていた。

こう見えて私は〝王子さま無関心派〟出身者だ。

もともと、アイドルにもモデルにも興味がないほうだし。

王子、なんて言われてもてはやされる男の子、どこの区域にもいるし、地元の中学にもいたし。

そういう人って、だいたいよく見れば普通だし。

だけど、入学してすぐ園芸委員で一緒になって、はじめて近くで見たC組の彼は、本当に王子だった。

私のぬるい想像をはるかに超えて、王子さまだった。

たくさんの人に囲まれて笑って、教室中央の席についた彼の、華やかなルックスや雰囲気はさることながら。

澄みきった瞳が、見てはいけない宝物のようにきれいだった。

儚げに瞬く長いまつ毛は、その宝物を大切に守っているようで。

ああ、まあ、たしかに。

たしかにあれと目が合ったら、魅了されちゃうかもしれないなあ。

頬杖をつきながら、ぼんやりそう思った。

それでもやっぱり最後に持つ感想は、ふうん、だった。

ふうん、のまま過ごせたらよかった。

あんな顔、知らなきゃよかったんだ。

委員会の次の日のお昼休み、偶然、あのときは本当に偶然。

裏庭の自販機のそばで、私はさっそく王子さまの告白現場に遭遇してしまった。

さっと自販機の陰に隠れて見た先、うるんだ瞳の女の子に見つめられた彼は。

『気持ちはうれしいけど、ごめん』

静かに丁寧に、それだけを言った。

女の子はうなずき、伝えたかっただけだから、と泣きながら走り去っていく。
……なんか想像より、無難な告白現場だったな。
私はのんきにそんなことを思って、教室に戻ろうとした。
でも。

王子さまはその場から一向に動かない。
校舎や中庭からは、のどかな昼休みのざわめきが聞こえるのに。
彼をこの場に呼び出したであろう彼女は、もういないのに。
彼はたったひとりで立ち尽くしたまま、きれいな横顔に影を落としていた。
……なんであんな顔するんだろう。
告白なんて日常茶飯事でしょ？
女の子を振るのだって、慣れっこでしょ？
それなのになんで？
それから、目で追うようになった。
学校のあちこちで告白されている姿を、何度も見た。
彼の毎日は、呼び出される、告白される、立ち去られる、立ち尽くすの繰り返し。

そのたびひとりぼっちになる彼の横顔が、いつもあまりに寂しげで、だんだんそれが許せなくなった。

なんで？　わからない。でも。

こんなのはいやだと思った。

王子さまだともてはやされて、いつも仲間に囲まれて、たくさんの女の子から愛されて、そんな彼がひとりでこんな顔をするなんて、いやだ。

見るたび胸が痛くなって、なんとかしたい、笑ってほしい、笑わせてあげたい。

いつのまにか、そんなことを思うようになった。

彼が告白される現場を見た日の夜は、うまく眠(ねむ)れなくなった。

目を閉じたら、あの横顔がまぶたに貼りついて。

明日もまた、寂しそうな彼の横顔を見るかもしれない。

それはいやだ。

でも明日には、彼は笑って誰かの手を取るかもしれない。

それもいやだ。

ぐるぐるぐるぐる考えて、彼のことを想わない夜はなくなった。

話したこともない、目が合ったこともない、王子さまと呼ばれる男の子。

いつも真ん中に配置される男の子。

春が終わるころには、この感情が恋だって、気づいた。

それから約一年半、あたためるだけあたためて、どうすることもできなかった気持ちは今日、本当にどうしようもなくなってしまったけど。

「麗ちゃん。私やっぱり、水樹くんのことが好きだ」

つぶやくと、麗ちゃんはしばらく黙って、それから風香、と私の名前を呼んだ。

「何？」

《どんな形であれ、好きな人に少しでも近づけたことはあたし、喜んでいいと思う》

「そうかなあ」

《そうだよ、だって好きなんだもん》

「……うん、好きだ」

水樹くんに言えないことを、麗ちゃんに何度も言っている自分がおかしくて、思わず笑うと麗ちゃんも笑う。

《これから少しでもいっぱい、晴れるといいね》

優しく言ってくれるから、今日ずっと我慢していた涙が目ににじんだ。


小鳥たちの声でアラームより早く起きると、スマホが頭のそばに転がっていた。

寝不足で、頭がぐらぐらする。

真夜中まで、水樹くん推奨お天気アプリの変動とにらめっこしていたせいだ。

ベッドに横たわったまま、寝ぼけ眼でアプリを開くと。

……ああ、よかった、ちゃんと晴れマーク。

胸をなでおろす。

メッセージアプリの中にも、ちゃんと水樹くんの名前があることを確認する。

昨日交換したものだけど、夜のうちに消えてなくなっちゃってるんじゃないかって、不安で仕方がなかった。

全部、夢だったんじゃないかって。

夢じゃ、なかったんだな。

水樹光、その名前を見るだけで胸がぎゅうとなって、寝ていられなくて、ベッドから起き上がり窓の外を見た。

窓越しなのに空は、見たこともないくらい青い、青い。

「あ、春田さんだ」

放課後、ドキドキしながら屋上のドアを開くと、私より先に来ていた水樹くんが振り返って言った。

昨日と同じイスに座り、なぜか小さな双眼鏡を構えてこっちを見ている。

「あ、水樹くんだ」

水樹くんのまねをして言ってみたら。

水樹くんは顔から双眼鏡を離して、きれいな顔にほんの少しの微笑みを浮かべるから、心はたやすく奪われた。

「どうしたの？　その双眼鏡」

うわずってしまいそうな声で、聞く。

「昨日もらったプレゼントの中にあった」

「おもしろいプレゼントだね？」

「いつもこれで遠くから見てましたって、手紙に書いてあった」

「な、なるほど……？」

首をかしげて苦笑いすると、水樹くんも軽く苦笑い。

「双眼鏡で見られんのは慣れてるけど、もらったのははじめて」

「ふふ。でもさっそく使ってるんだ？」

「ここでだけね」

「え、なんで？」

「使ってるとこ見られたら無駄に期待持たせるので。ですね」

水樹くんは淡々と言って、隣に座った私を双眼鏡で見た。

「よく見えるよ」

「よく見なくて大丈夫……！」

慌てて両手で双眼鏡のレンズをふさぐ。

この距離で双眼鏡の倍率に耐えられる顔面なんて、水樹くんくらいだきっと！

一瞬でも高倍率で見られたと思うと、恥ずかしくて顔が熱くなる。

「あ、また照れてる？」

「照れてない！」

「照れてるじゃん。春田さんって照れ屋？」

あいかわらずストレートに聞いてくるから、かかか、とさらに熱くなる。

「からかわないでくれないかなあ⁉」

「からかってないよ、かわいいなと思っただけ」

さらりとそんなことを言われて、う、と胸が詰まった。

喜んじゃだめだ、水樹くんの言うかわいい、なんてなんの意図もない。

これは水樹くんの、〝ナチュラルたらし癖〟だ……！

水樹くんは双眼鏡で、今やのんきに遠くの景色を見ている。

「水樹くん」

真っ赤な顔で眉をよせて、私は言った。

「はーい」

ゆるい声で返事をした水樹くんが、双眼鏡をまた私に向けるから、ぽいと片手で奪う。

「あ、取られた」

「没収です」

「なんで。かわいいのに」

「水樹くん、そういうのは好きな子にしか言っちゃだめだよ」

「あ、おべんきょーですか先輩」

澄んだまん丸の瞳は細めず、唇の端を少しだけ上げて笑う。

それは水樹くんがよく見せてくれる笑顔で、見るたび私の心臓は喜び出してしまう。

でも今は、喜んでる場合じゃない！

「水樹くん。真面目に」

「はい先輩」

「先輩っていうのやめて」

「はい春田さん。そういうのって何」

「かわいいとか、そういうの」

私が真顔で言うと、水樹くんはしばらくフリーズして。

「え、俺そんなこと言った？」

うわあ、言ったそばから忘れてる……、泣きたい！

「言ったよ、だめだよ」

「えー、めっちゃ無意識だわ。ごめん」

うわん、謝られた、かわいいって言われたあとに謝られた！

ショックに耐えている私の隣で、水樹くんはのうのうとつぶやく。

「俺あんま無意識にもの言うことないんだけどね」

絶対に嘘だ。

この人は〝ナチュラルたらし王子〟なんだから、きっとあちこちで言いまくっている。

かわいい、なんて挨拶だ。挨拶。

じっと横目で水樹くんを見る。

「……春田さん信じてくれてないね」

「信じてあげてない」

「本当なんだけどな」

「ふうん……」

「まーいいけど。で、なんでかわいいって言っちゃだめ？」

昨日と同じ、まっすぐな瞳で聞かれて返事に困る。

なんでって、それは。それは……。プレゼントと一緒か

「あー……、わかった、はいはい。プレゼントと一緒か」

私が口を開く前に、水樹くんが言った。

「好きじゃない子にかわいいとか言ったら、無駄に期待持たせるからだめ。的なやつだ」

うう、好きじゃない子とか言われた……、まぎれもない事実だけど、うう。

さっき以上のショックに、必死に耐えていると。

「今までかわいいとか思ったことなかったから、一瞬わかんなかったわ」

ぼそ、と水樹くんがつぶやいた。

「え……」

「つーか簡単問題でしたねー」

いや、あの、簡単問題じゃなくて。

今まで思ったことないってどういうこと？　じゃあさっきのは？　どういう……。

混乱する私をよそに、水樹くんは、

「かわいい、はたしかに学級崩壊要因になりそうなワードだ。気をつけよ」

真面目な顔でつぶやいて、うんうん言っている。

私は混乱しながらも、水樹くんの言っていることがなんとなく腑に落ちなくて、首をひねった。

んん。なんだろうこの違和感。

期待させちゃうから、だめ。

それは間違ってないんだけど。

でもなんか違う気がする。なんかって何？

私はどんな理由で。

『そういうのは好きな子にしか言っちゃだめだよ』

あんなこと言ったんだろう。

ああ、頭がこんがらがってきた。

水樹くんに恋を教える、なんてやっぱり私には無理だ……。

水樹くんから没収した双眼鏡を持ったまま、私はふらりと立ち上がった。

「ん？ どこ行くの」

「ちょっと景色を……」

頭を冷やそう。

よろよろ歩いて、屋上の端まで辿りつく。

フェンス越しに地上を見おろすと、運動部でにぎわうグラウンドと、花壇の続く昇降口が見えた。

人が小さい。ここって結構高いんだなあ。

双眼鏡を構えて、空を見上げる。

視界が、青。雲ひとつない青空でいっぱいになった。

……きれいだ、すごく。

しばらくぼんやりと見惚れてから、もう一度地上も見てみよう、そう思って双眼鏡を構えたまま顔を下げたら。

「わあああああっ⁉」

突然水樹くんがレンズに映ったから、驚いて大声を上げてしまった。

「春田さん、俺の存在忘れてたでしょ」

いつのまにか水樹くんは、私のすぐ隣に立っている。

心なしか、むす、とした顔。

そしてなんだか、ちか、ちか、近い……！　座ってるときより、近い！

「忘れてないよ⁉」

「俺の存在忘れる女なんて春田さんくらいだわー」

「わ、忘れてないってば、あた……」

「あた？」

頭の中水樹くんだらけだよ、とまで言ってしまいそうになって、

「あた、新しい発見はないかなあっと」

慌てて双眼鏡で地上を眺めたら、昇降口に見知った顔を発見した。

「あ！　五十嵐先輩だ！」

思わず叫ぶと、水樹くんが、ん？とフェンスに乗り出す。

「五十嵐先輩って誰」

「ほらあそこ、スポーツバッグ持って昇降口歩いてる、背の高い……」

「誰？」

「え、見えない？」

「いや見えるけど、誰？　春田さんどういう関係？」

なぜか矢継ぎ早に聞いた水樹くんは、

「双眼鏡貸して」

と手を差し出してくる。

渡すと、水樹くんは双眼鏡をのぞき込み、じっと昇降口を見た。

「地元が一緒の先輩なの」

「地元が一緒、へー」

「小学校も中学校も一緒で、今でも結構仲良しなんだ」

「仲良し、へー」

「野球部で中学のころからエースだったんだよ」

「エース、へー」

「この夏で引退しちゃったけどね。昔からかっこよくて大人気だったんだよ」

「俺のがかっこいいよ」

水樹くんは双眼鏡で五十嵐先輩を見おろしたまま、憮然として言った。

おお、王子さまのプライドってやつかな？

もちろん当然百パーセント水樹くんのほうがかっこいいよ！

と、全力で言いたいところだけど、それを言っちゃあすべておしまいだから言えない。

「あ、白川先輩もいる」

「白川？　何、そいつもかっこいいの？」

「あははは、白川先輩はかわいいんだよ」

ほらあそこ、今出てきた女の人、と昇降口を指さす。

後ろから五十嵐先輩に駆けよる白川先輩は、野球部のマネージャーをしていた人。

「あの人とも、地元が一緒で仲良しなの？」

聞かれて、うん、と私は笑顔で答える。

「五十嵐先輩と白川先輩は、中学のときから付き合ってるんだよ」

ふたりとも、昔から私のことを妹みたいにかわいがってくれている。

なんでも話せる自慢の先輩だ。

「美男美女でしょ？」

「そう？」

水樹くんは首をひねった。

あんなにキラキラしているふたりでさえ、唯一無二の王子さまの目には、平凡に映ってしまうのかもしれない。

「そうなの。今も昔も、みんなのあこがれの的だよ」

フェンスに指をかけて言うと、双眼鏡を離した水樹くんが私を見て聞いた。

「……うらやましいの？」

私は苦笑いをこぼす。

「うーん、そうだね。白川先輩のことは、うらやましいかな」

「なんで？」

「なんでって……、とにかくかわいいし、優しいし明るいし、勉強できるし運動できるし」

水樹くんの恋の相手には、白川先輩みたいな人がいいんだろうなあ……。

そう思ったら、しゅんとしてきてしまう。

だめだ、隣に水樹くんがいるんだから。

楽しい気持ちで過ごしてもらわなくちゃ。

「まあ、うらやましがっても意味ないけどね？」

へへ、眉を下げて笑うと、水樹くんは首をかしげて不思議そうに聞いた。

「そんなにかわいい？　あの人」

「めちゃくちゃかわいいよ！」

「春田さんのほうがかわいくない？」

ガラス細工みたいな瞳で私を見据えて、水樹くんは言う。

「わ、私が白川先輩よりかわいいわけないよ⁉　よく見て⁉」

「見てるけど」

「私じゃなくて！　白川先輩を見て！」

「さっき見たって。春田さんのほうがかわいい」

王子さまの視力はどこに行ったのかな⁉

真っ赤な顔で、ないないありえない、首をぶんぶん振ると。

「照れてるかわいい」

水樹くんは私の左頬をつまんで言った。

つままれた頬が、急激に熱くなる。

胸はもっと熱くて、パニックで泣きそう。

「だ、だめだってば！　好きじゃない子にかわいいは、だめ！」

「でも本当にかわいいって思ったし」

「本当にかわいくないしだめ！」

強く言うと、水樹くんは私の頬から手を離す。

「……春田さんは俺のこと好きじゃないから、変な期待とかしないし、学級崩壊も起こさないし。だったら言ってもよくない？」

水樹くんは双眼鏡で、再び地上を見ながらつぶやく。

私もそっと目を落とせば、昔となんら変わらず、幸せそうに寄りそっているふたりがいた。

表情はわからないけど、何度も見たふたりの笑顔が目に浮かぶ。

……あのふたりがあこがれの的なのは、何も美男美女だからってだけじゃない。

本当にお互いのことが大好きなんだなって、見ているだけでわかるからだ。

お互いがお互いにとって、たったひとりの好きな人なんだなって、わかるから。

幸せな恋って、きっとこういうものなんだなって、思えるから。

ああ、わかった。さっきの違和感のわけ。

わかった途端、とてつもなく息苦しくなった。

ぎゅ、とフェンスを握る。

「……水樹くん」

名前を呼ぶだけで、胸が縮むような感覚。

水樹くんは私にとって、たったひとりの好きな人だ。

「んー？」

まだ双眼鏡でふたりを見ている水樹くんの横顔を見つめて、私は言った。

「好きじゃない子にかわいいって言っちゃだめなのは、無駄な期待持たせちゃうからでも、学級崩壊が起こりかねないからでもないよ」

ようやく地上を見るのをやめた水樹くんが、真面目な顔で私を見つめる。

前髪が、風に少しだけ揺れている。

ただそれだけの光景があまりにきれいで、泣きたくなった。

「水樹くんが、いつか出会うたったひとりの好きな女の子のために、言う言葉だからだよ」

誰かを傷つけないため、じゃない。

水樹くんの、恋のため。

「水樹くんとその子のための、言葉にするべきだからだよ」

きょとん、とする水樹くんを見ていたら、自然と涙が出そうになって、慌てて笑顔を作る。

「わかった？」

「うん」

「だからもう、言っちゃだめだよ」

「んー……」

水樹くんは、うん、とも、ううん、ともつかないように言って、それから少し目を伏せる。

長いまつ毛が、すべらかな頬に影を作る。

双眼鏡を持っていないほうの手で、水樹くんは私の髪先をそっとつかんだ。

「……どう、したの？」

胸が鳴って、ささやくような声になる。

「髪、風で揺れてた」

水樹くんの髪だって、揺れてたよ。

「きれい」

瞳を伏せたままそんなことを言われて、心臓がバラバラになりそうだった。

水樹くん、だめだよ。

「きれいも、だめ」

「なんで」

「かわいいと一緒」

水樹くんのこと好きじゃないってことにして、水樹くんの隣にいる、水樹くんのことを好きな私なんかに、そんなこと言っちゃだめだよ。

「春田さんはさー。今も恋、してんの」

私の髪先をもてあそびながら、水樹くんは残酷なことを聞く。

してるよ。水樹くんに。

そう言えない言葉を、胸に押し込んで微笑んで、

「うん」

うなずいた。

「……優しくなれる恋ってやつ？」

「うん」

きっと。きっとね。

すると水樹くんは、苛立つように瞳を細めて、

「じゃーなんで寂しそうなの」

髪先に触れていた手で少し乱暴に私の頬をつかむ。

それからほとんど間をおかず、私の唇をふさいだ。

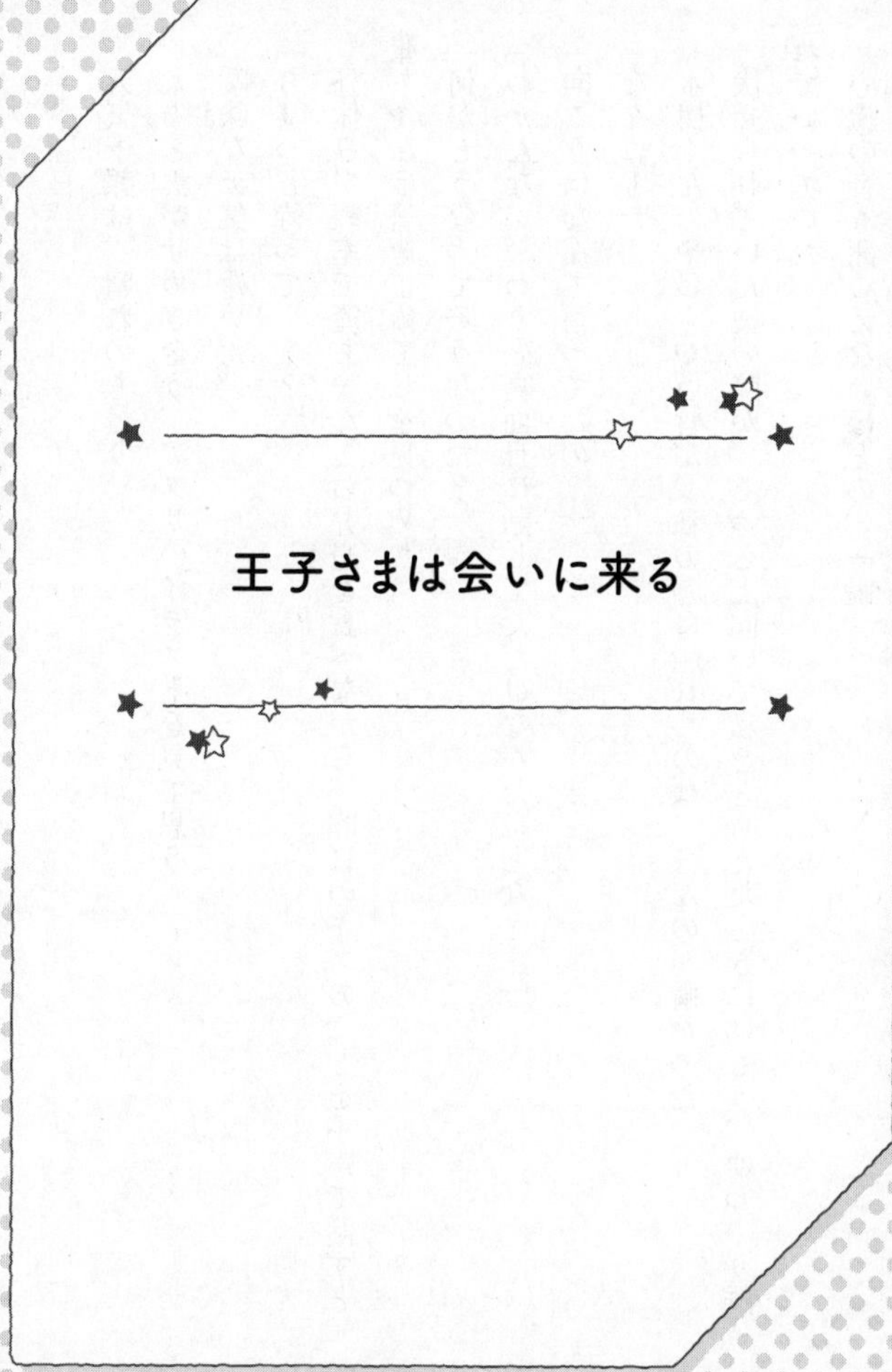

王子さまは会いに来る

──翌日。

天気予報は、晴れのち曇り。

太陽と雲がせめぎ合う、アプリのイラストを見て思う。

曖昧な天気は嫌いだ。

「ちょっと待って……？」

昼休み、教室で麗ちゃんとお弁当を食べながら、昨日のキスのことを小声で話すと、麗ちゃんは箸を止めて私を見つめた。

「何がどうなってそうなった？」

「わかんない。わりと真面目に話してただけなんだけどな……」

「向こうはなんて言ってたの？」

「なんにも」

水樹くんのやわらかい唇が、私の唇に触れたのは、ほんの一瞬だった。伏せられていた彼の瞳が、そっと上向いて私をとらえたときにはもう、ゆっくり離れていっていた。

心臓の音も聞こえないほどの、一瞬。

でも、すべての瞬間をコマ送りのように思い出せる。

突然のキスでかちこちに固まった私をさておき、水樹くんは何ごともなかったかのように、また昇降口を見て話しはじめた。

そんな水樹くんに、今の何？なんて、聞けるわけもなく。

だからって水樹くんと同じように、平然と話し出せるわけもなく。

混乱してわけがわからなくなった私は、そのままひとりで屋上をあとにした。

ばいばい、とか、また明日、とか、言うべきことをろくに言わずに出ていったけど、水樹くんは追いかけてくることもなければ、弁解のメッセージを送ってくることもなかった。

もしかしてあれは、私の夢だったんだろうか。

そういえば寝不足だったから、うたた寝をした隙に、都合のいい夢を見たのかもしれない。

そう思ったけど、でも、唇に残る感触がこれ以上なくリアルで、夢じゃないんだと私に知らしめる。

そしてまた、寝不足だ。

今朝も学校の廊下で、いつものごとく大勢の人に囲まれて歩く水樹くんと、すれ違ったけど。

とても、顔なんて見られなかった。

それに私は、二日連続の寝不足でずいぶんひどい顔をしている。

見せられる顔もないのだ。

「まあ、王子さまも所詮ただの男だったってことかな」

麗ちゃんはパンをかじりながら、ため息をついて言った。

「どういうこと？」

「大抵の男は、自分を好きな女には何したって許されると思ってるってこと」

私は首を振る。

「水樹くんは、そんな人じゃないよ」

「どうかなあ」

「だって水樹くんは私が水樹くんを好きだってこと、知らないんだよ」

「あー、そうだったね」

「たとえ知ってたって……、水樹くんはそんな人じゃない」

麗ちゃんは、ちら、と私を見て聞く。

「言いきれんの？」

「言いきれる」

だって。

もう泣かせないようにって、一度聞いた女の子の名前、全部覚えようとする人だよ。

争いが起きないようにって、一日中、プレゼントもらい続けちゃうような人だよ。

それを優しさだって、自分で気づいてないような人だよ。

そんな人が、自分を好きな相手にならなら何をしたっていい、なんて、思っているわけがない。

「……じゃあ純粋に、風香のこと好きになったとか？」

「それは絶対にない」

私はきっぱりと断定する。

水樹くんは平然と言ったのだ。

『春田さん俺のこと好きじゃないし、ちょうどいいよ』

『……春田さんは俺のこと好きじゃないから、変な期待とかしないし、学級崩壊も起こさないし』

普通、好きな女の子にそんなこと言えない。

胸がちくんちくん痛む。

「絶対ない、なんて言いきれないでしょ？　あんた地味にモテるし」

麗ちゃんがそう言ったとき、廊下のほうが急に騒がしくなった。

何ごと？　なんて見なくてもわかる、毎日のことだ。

きっと、王子さま。

水樹くんと彼の友達が移動するだけで、昼休みの廊下は束の間、花道になってしまうのだ。

黄色い声がだんだん遠ざかっていくことで、水樹くんがこの教室の前を通過したんだとわかる。

「……麗ちゃん。モテるっていうのは、ああいうことでございます」

渋い顔でその騒ぎを見送った麗ちゃんを見て、私は言った。

「ま、まあ、あれは別格として！　でもあんたがそこそこかわいいのは事実だから！」

「フォローありがとう……」

「フォローとかじゃないって元気出して！」

全力フォローって感じが出ちゃってるよ、麗ちゃん。

小さくため息をついて、おにぎりをかじる。

痛みと裏腹に、胸がずっとじんじんと熱かった。

頬をつかんだ水樹くんの手の力強さは、前と全然違った。

私の中の、何かを奪おうとするようなキスだった。

水樹くんはもう、私から全部奪い去ってるのにな。

これ以上奪われたら無一文になってしまうぞ。

痛みと熱の中でぼんやり考えていたら。

「春田ぁー」

教室の前方からやってきたクラスメイトに、声をかけられた。

「何？」

「五十嵐先輩が来てんよー」

「あ、うん、今行く！　ごめん、麗ちゃんちょっと行ってくるね」

「はーいよ」

今日、白川先輩から参考書を借りる約束をしていた。

だけど昼前に届いたメッセージによると、

【ごめん！　野暮用でお昼そっち行けなくなったから、五十嵐に預けた！】

とのことで、つまり、五十嵐先輩が代理で来てくれたみたいだ。

自分でもらいに行こうと思ってたのに、悪いことしちゃったな。

口に放り込んでいたお米を慌てて飲み込んで、教室をぱたぱた走ると。

「よお、風香」

ドアの向こうで五十嵐先輩が、ほがらかに笑って出迎えてくれた。

背が高い五十嵐先輩の肩は、部活を引退した今でもしっかり、がっちりしている。

「五十嵐せんぱーい、わざわざ来てもらっちゃってごめんなさい！」

両手を合わせて謝ると、五十嵐先輩は切れ長の目を優しく細めた。

「いやいや、こっちこそ白川が来れなくてごめんな」

「まあ、ちょびっと白川先輩に会いたかったかな」

「こら」

こつん、と参考書を頭にぶつけられ、私は声を出して笑う。

「白川先輩、野暮用って？」

「ああ、授業中の内職ばれて、呼び出しくらってやんの。アホだよなあ」

呆れたようにため息をついて言う、五十嵐先輩の目はそれでも優しくて、こっちまで照れてしまう。

好きな人の話をするときの、顔だ。

「のろけますねぇ」

「は？」

「白川先輩の、しっかりしてるのにちょっとおっちょこちょいなところ、好きなんですよねえ、五十嵐先輩は」

つん、と肘で五十嵐先輩の胸をつつくと、五十嵐先輩は、はあ？と眉をひそめながらも、顔を赤くした。

「やだ、真っ赤になっちゃって。五十嵐先輩ったらかわいいなあ」

「なってねえ！」

「なってるなってる。白川先輩に見せてあげたいなあ」

「おま……」

五十嵐先輩は目を丸くしてから、がく、とうな垂れて。

「俺をからかうなんて、風香も生意気になったな……？」

昔からよくするように、私の頭をぐりぐりしようと手を伸ばした。

わー、と、私も慣れたテンションで身構えたとき。

ぱし、と音がするほど激しく、五十嵐先輩の腕が誰かにつかまれた。

五十嵐先輩の手は、私の頭に触れることなく静止していて。

なんだか周囲が騒がしい。気がする。

「え……⁉」

私より先に声を上げたのは、五十嵐先輩だった。

私は言葉を失っていた。

だって。こんなところにいるわけない。

それでも五十嵐先輩が、驚きながら呼んだのは、

「王子……？」

まぎれもなく、水樹くんの代名詞だった。

気だるげな流し目の視線を受けた瞬間、心臓が激しく暴れ出す。

「み、な、ど、こ……っ」

水樹くん、なんで、どうして、ここに。

すべての単語の頭文字しか言えずに、あたふたしていると。

「おはよ、春田さん」

水樹くんは、五十嵐先輩のがっちりした腕を強く握ったまま、憮然として言った。

「あれ、王子さっき教室戻ってなかった⁉」

「こんな近くで見るの久しぶりでときめく！」

「てかなんでここにいんの？」

周囲ではしゃぐ女の子たちの声を聞きながら、

「お、おはよう？」

ひとまず挨拶を返すと、水樹くんは、今度は五十嵐先輩を見つめて言った。

「五十嵐先輩も、おはようございます」

「おはよう……、ていうか、もう昼なんだが……」

状況をまったくのみ込めていない五十嵐先輩が、戸惑(とまど)いつつ言う。

水樹くんに腕をつかまれ、見つめられたまま、私に説明を求める視線を送っている。

じつは五十嵐先輩は、私の恋について知っている。

どんなことでも昔から、ふたりには素直に相談してしまう私だ。

でも、ここ数日の流れはまだ何ひとつ話せていない。

「えっと、水樹？も、風香になんか用事？」

苦笑いを作った五十嵐先輩が聞くと、水樹くんは、はい、と礼儀正しく答えた。

腕はつかんだまま。

「五十嵐先輩は、まだ何かありますか」

「え⁉　いやいやないない、全然ない、もう教室戻るとこ」

五十嵐先輩が答えると、水樹くんはようやく、いつもの完璧な王子さまスマイルを見せて言った。

「そうですか。じゃあ、また今度」

「うん？　えっと、また今度」

「あ、戻ってもらって大丈夫ですよ」

その場から動かない五十嵐先輩に、水樹くんはにっこり笑うけど。

私はおそるおそる、ささやく。

「水樹くん、あの……、手が……」

手が、がっちり五十嵐先輩の腕をつかんだままなのだ。

水樹くんは、ぱち、と一度瞬きをして、ああ、とつぶやき、手を離す。

まるで、五十嵐先輩の腕をつかんでいたことを忘れていたかのように。

「じゃ、じゃあ俺、行くわな！」

解放された五十嵐先輩は、水樹くんに参考書を押しつけ、

「風香、頑張れよ！」

余計なひと言を残して、そそくさと去っていった。

そして突然、ふたりきり。

「はい、これ」

水樹くんは、五十嵐先輩から受け取った参考書を私に差し出す。

「あ、ありがとう」

心の準備ができていない私は、とっさに水樹くんから目をそらして、それを受け取った。

「何か用事？　うちのクラスの誰か、呼ぶ？」

「それ、五十嵐先輩の参考書？」

水樹くんは、私の質問を無視して聞いた。

「ううん、白川先輩の。借りる約束してたんだけど、白川先輩、先生に呼び出されちゃったんだって。それでかわりに、五十嵐先輩が持ってきてくれたの」

説明すると、水樹くんはふーん、と興味もなさそうな顔をする。

なんだかご機嫌なななめだ。

「水樹くんって五十嵐先輩と知り合いだったの？」

私は戸惑いつつ、気を取り直して聞いた。

「名前も存在も昨日知ったけど」

「え、でもさっき挨拶してた、よね？」

「出会ったら挨拶くらいするよ」

そ、そうか、王子さまってそういうものなのか。

それにしても、あちこちからの視線がものすごいな。

こんなふうに視線を浴び続ける毎日って、しんどいだろうな。

うつむいた顔をほんの少し上向けて、水樹くんをちらりとうかがってみるけど、水樹くんは周囲に見られていることを気にしているそぶりもない。

平然とした態度で、乱れのない整った顔で、じ、と私を見つめている。

昨日のことがよみがえってしまって、顔が熱くなって、また目をそらした。

だめだ、隠せない。何か話さなくちゃ。

「えっとそれで、誰に用事だっけ？」

「昨日勝手にキスしたこと怒ってる？」

唐突に聞かれて、心臓が跳ねた。

昨日は何も言わなかったのに、なんで脈絡もなく今、こんなこと聞くの……？

「なんか我慢できなくてごめんね」

水樹くんは、ひとつも悪びれない涼しい顔で言う。

そんな、ついうっかり、みたいな……。

「怒ってる？」

「お、怒ってないよ」

「じゃーなんで俺のこと全然見ないの」

「見てるよ⁉」

「見てないし。朝、廊下でも目そらしたし」

それは恥ずかしいのと混乱とで……。

「ほ、本当に怒ってないから！」

顔を上げて思わず大きな声で言うと、周囲の視線がよりいっそう私たちに集まるから、またうつむいてしまった。

私なんかと話してるところ、見られてるよ、王子さま。

心の中でつぶやく。

でも水樹くんは、そんなことやっぱり気にもとめない。

「今日の天気予報、晴れのち曇りだけど」

澄んだ瞳でまっすぐ見据えられて、逃げられなくて、胸がぎゅっと苦しい。

「……うん」

「見た？　アプリ」

「うん、見た」

「こういう日は屋上どうすんの」

「水樹くん、みんなに聞こえる」

「俺は会いたいけどどうすんの」

鼓動が体を乗っ取る。鼓膜がぐわんぐわんする。

私だって会いたいよ、晴れでも雨でも会いたいよ。

わかってる。

水樹くんの会いたい、は、私の会いたい、とは違う。

それなのに、心ではわかってるのに、体が喜んでしまう。

……恋って、めちゃくちゃだ。

「会いましょう、か」

小さな小さな声で言って、そろり、水樹くんの顔を見上げると。

水樹くんはどこか満足げにうなずいて、

「じゃー放課後ね」

それだけ言って、あっさりC組に帰っていった。

私はぽつん、その場に残される。

もしかして、これを聞くために来てくれたのかな。

そんなふうに思い上がってしまう自分に、ゆるゆると首を振る。

王子の登場から退場に騒然とする廊下を引き上げて、教室に戻った。

「ちょ、風香、今なに話してたの⁉」

「春田さんって王子さまと仲いいの⁉」

「春田たまのこしー？」

クラスメイトたちに声をかけられながら、麗ちゃんのもとへ辿りつく。

「……王子、何しに来たの？」

驚きと期待を混ぜたような顔で聞いてくる麗ちゃんに、私はぼんやりつぶやいた。

「麗ちゃん、さっきの、やっぱり違うよ」

「さっきの？」

『大抵の男は、自分を好きな女には何したって許されると思ってるってこと』

水樹くんは違うよ。

むしろその逆だよ。

自分のことを好きな女の子へは、泣かせないように期待させないように、細心の注意を払う。

でも、そうじゃない女の子の扱い方はまるで知らない。

「……水樹くんは、自分のことが好きじゃない女の子には、何したっていいと思ってるんだよ」

それは悪意でもなんでもない。

きっと水樹くんの中で、鈍感な部分なんだ。経験がないから。

それに私は振りまわされている。

でも、そうなることを望んだバカは私だ。

会いたい、と言われた声が、胸にこだまして苦しい。

会いたい、と思う気持ちは、全然割れない風船みたいに、胸で膨らんでいく。

胸から取り出してあの真っ青な空に飛ばせたら、どんなに楽だろう。

でもこの気持ちは宝物だから、きっとそんなことできない。

水樹くんから手渡された参考書を、私はぎゅっと胸に抱きしめた。

五限の体育はバレーだった。

内容がなんであろうと、体育はいつも憂鬱だ。

自慢じゃないけど、私はまったく運動ができない。

体育館の隅っこで三角座りをして、別のチームの試合を眺めながら途方に暮れる。

「試合なんてやりたくないよぉー……」

隣の麗ちゃんにすがると、股関節のストレッチをしていた麗ちゃんは苦笑いした。

「体育の試合でそんなびびってどうすんのさ」

麗ちゃんは、私と違ってだいたいのスポーツをそつなくこなしてしまう。

何せ、中学時代はバレー部だったらしいのだ。しかもキャプテン。

「だって、あんな速いボール当たったら絶対痛いよ⁉」

「よっぽどぼーっとしてないかぎり、当たんないって」

そうかなあ、とつぶやいてため息をついたとき、

「こらそこの男子ー」

ふいに先生の声が聞こえて、私と麗ちゃんは体育館入り口のほうを見た。

私たちと同じクラスの男子が数名、ジャージ姿で外から体育館をのぞき込んでいたところを、先生に追い払われている。

「あれ？　男子ってグラウンドでサッカーじゃなかったっけ」

なんで体育館にいるんだろう、と首をかしげると、麗ちゃんは人差し指で入り口側のコートを指さした。

「あれでしょ」

私たちが使っていないほうのそのコートでは今、一年生の女子がバドミントンをしている。

「あれって?」

「だからほら、一年の姫、見に来たんでしょ」

麗ちゃんはうんざり、という顔で言う。

「……姫?」

「何、あんた姫のこと知らないの?」

うなずくと、麗ちゃんは盛大なため息をついた。

「ほんと、風香ってそういうの疎いよね。ほら、あそこで羽を打ってる美少女」

「ど、どれ……?」

「肩までのボブの」

言われて目をこらすと、ラケットを持つ一年生の群れの中に、ひときわかわいい女の子を見つけた。

「あ、あの子か……！」

「桃井杏奈。入学してきたとき、そこそこ騒がれてたじゃん」

さすがに王子ほどじゃなかったけどね、と付け足す麗ちゃんの隣で、まじまじとその美少女を眺める。

くるんと毛先を巻いたボブヘア、ぱっちり大きな瞳。

だぼっと着こなしたジャージに、華奢な四肢。

可憐な笑顔を振りまいて、ラケットを小さく振っているその姿。

「か、か、かわい……っ」

思わずこぼすと、麗ちゃんにぱしん、頭をはたかれた。

「あんたは男子か」

「いや、だってすっごくかわいい、あれは姫って呼ばれちゃうよ」

うんうんうなずいて感心する私に、麗ちゃんは立ち上がって屈伸をしながら言う。

「のんきなこと言って、王子取られても知らないよ？」

「え？」

「あの姫、ああ見えてなかなか肉食らしいよ」

「肉食……？」

「王子を狙ってるとの噂あり」

ええっ⁉と思わず立ち上がると、

「はい、次のチームコート入ってー」

笛を吹いた先生が、私たちをうながした。

「風香！　そっちいったよ！」

麗ちゃんの大きな声に、はいっと返事をして精一杯腕を伸ばすけど、打ち込まれたボールまでは到底、届かない。

ピーッと追加点の笛が鳴ると、同じチームの女の子がドンマイドンマイ、と声をかけてくれた。

ああ、足を引っ張っている。本当にごめんなさい……。

これだから体育の試合はいやなんだ。

半泣きになりながら、次にやってくるサーブに備えてレシーブの体勢をとる。

とにかく、麗ちゃんにボールを上げないと……。

そう自分に言い聞かせるとなぜか、

『あの姫、ああ見えてなかなか肉食らしいよ』

さっきの麗ちゃんの言葉がもやん、と頭に浮かんだ。

姫が、肉食……。あんなにか弱そうなのに、あんなに可憐なのに、肉食……。

しかも、水樹くんを狙っている。

あんなにかわいい肉食獣に迫られたら、水樹くんもイチコロなんじゃないかな。

そんな考えにとらわれた瞬間。

「風香、危ない！」

麗ちゃんの大きな声が聞こえて、気づいたときには顔面にボールを受けていた。

ぽろ、とボールが地面に落ちて、私はよろける。

い、いたい……。

「ちょっと風香、大丈夫⁉」

「ご、ごめんね⁉　ごめんね⁉」

麗ちゃんと、サーブを打った相手チームの女の子が駆けよってくれる。

「いや、私がぼーっとしてて！　逆にごめん！」

両手を振って笑うと、先生までもが駆けよってきて私の顔をのぞき込む。

「すっごい命中したわねえ？　保健室、行く？」

「いえ、大丈夫です！」

痛みというよりは、衝撃でじんじんと頬が熱い。

「水道で顔、洗ってきてもいいですか？」

許可をもらい、再開する試合に背を向けて、私はよろよろ体育館を出た。


我ながら、どんくさい……。

体育館の裏にある水道で、ぱしゃぱしゃ顔を洗って息をつく。

四角形の鏡をのぞき込むと、頬が少し赤らんでいた。

放課後、水樹くんに会うのにな。

自分がそれほどかわいくないことは、重々わかっているつもりだ。

でも、せめてもの悪あがきでコンディションくらいは整えていたい。

『からかってないよ、かわいいなと思っただけ』

昨日の水樹くんの言葉を思い出して、胸が熱くなる。

正しくない言葉だったとしても、うれしかった。

頬に触れてくれたことも、キスも、うれしかった。

この感情に言い訳はできない。

困った、と思いながら、体育館に戻ろうと歩き出したとき。

「ちょっとすみません」

正面から声をかけられて、顔を上げると。

「二年の春田風香って、あなたですよね？」

授業中で誰もいないはずのそこに、姫――、桃井さんが腕組みして立っていた。

ボブの毛先と同じく、くるんと巻かれた前髪の下の大きな瞳が、勝気に私を見つめている。

近くで見ると、ため息が出そうなくらいかわいい。

ふんわり甘いだけじゃなく、ぴりっとスパイスを加えた感じの雰囲気。

「あ、はい、そうです」

ついつい敬語でうなずくと、桃井さんは大きな瞳をさらに大きくして首をかしげた。

「今日のお昼、水樹先輩と話してましたよね？」

「う、うん……？」

「まさかとは思いますけど……、水樹先輩と付き合ってるんですか？」

挑むような口調で聞かれて、私は激しく右手を振った。

「付き合ってないよ」

「じゃあ何を話してたんですか？」

「えっと、ただの世間話だよ」

苦笑いで答えると、あろうことか、桃井さんの細い足が思いきり水道の縁を蹴った。

私は絶句して、運動靴を履いたその小さな足を見つめる。

ほ、本当に肉食獣だったんだ……。

ごくり、息をのんだ私を、桃井さんは思いきり睨んだ。

「しらばっくれないでくださいよ、先輩」

まさか、屋上で会っているところを見られたのかな。

引きつる笑顔を顔に貼りつけたまま、曖昧に首をかしげると。

「知ってます？　水樹先輩って、告白以外では絶対女子とふたりきりにならないんですよ？　ましてや昼休みの廊下でなんて。前代未聞です」

そう言われて、ほっとした。

桃井さんが言っているのは、本当に今日の昼休みのことだけみたいだ。

それにしても、水樹くんって本当に大変だな。

女の子と廊下で少し話しただけで、こんなに大事になっちゃうなんて。

思わずまた苦笑いをこぼすと、桃井さんはさらに鋭く私を睨んだ。

「みんな、怒ってますから」

「……みんなって？」

「水樹先輩を好きな女の子、みんな」

私は一度、静かに瞬きをする。

「……どうして怒るの？」

誰も何も、悪いことなんてしていないのに。

「あなたみたいな、どっからどう見ても水樹先輩の相手にならない人が、水樹先輩をそそのかしてるから」

桃井さんが歯切れよく言ったその言葉が、私の胸の真ん中に響いた。

「……そそのかしてないよ？」

「あなたにそんな気がなくても、私たちにはそう見えるんですよ」

桃井さんは断固として言う。

その声の強さに反して、私は悲しくなる。寂しくなる。

桃井さんの話す言葉の中に、水樹くんがいないから。

「水樹先輩の相手は、水樹先輩にふさわしい人じゃなきゃだめなんです」

そこに、あまりに水樹くんの意思がないから。

水樹くんの、ことなのに。

『……恋ってそんなスバラシイもん？』

いつかの水樹くんの声が、私に問いかけてくる。

恋ってすごいんだよ、素敵な感情なんだよって、言ってあげたいのに。

こうして心を置き去りにされてきた水樹くんに、私はどう説明すればいいんだろう。

込み上げてくる悔しさをにじませないよう、こらえる。

腕を組んだ桃井さんは、容赦なく私に敵意を投げつけている。

ここで私まで感情をむき出しにしたら、桃井さんは怒って、私にひどいことをするかもしれない。

もしそれが水樹くんにばれたら、水樹くんは傷つく。

自分のせいだって、自分を責める。

それでまた、ひとりぼっちになってしまう。

そんなのは、だめだ。

水樹くんをこれ以上、孤独な王子さまにしたくない。

「私と水樹くんは、本当になんでもないよ」

静かな声で、たくさんの感情を押し殺して言った。そして続ける。

「それに、水樹くんはちゃんと、自分で自分にふさわしい人を選べると思う」

私が言い終えると、桃井さんはもう一度、水道を思いきり蹴った。

「あんまり好き勝手したら、ひどい目見ますよ」

甲高い声に鋭い棘を含んで、私の全身を刺す。

でも、そんなの痛くも痒くもない。

私は微笑んでうなずいて、体育館へと歩き出す。

何気なく屋根のない頭上を見上げると、天気予報どおり、青空に薄い雲がかかりはじめていた。

桃井さんは怒っている。

水樹くんを好きな多くの女の子も、怒っている。

だけど放課後、屋上に行くことに迷いはなかった。

昨日と同じように人気のない校舎裏から、細心の注意を払って錆びたドアを開け、階段をのぼる。

そっと開いたドアの向こうに、水樹くんはまだいない。

今日は私のほうが早かったみたいだ。

ふたりで座っていたイスもなくて、あたりをうろちょろ探してみるけど、見当たらない。

どこにしまってあるんだろう。

しばらく探したけど見つからないので、仕方なくドアのそばの壁にもたれて、コンクリートの上に座った。

空を見上げる。雲のグレーはどんどん濃くなって、青空を覆い隠していく。

降水確率、どれくらいだったかな。

確かめようとスマホを見ると、屋上に来てからもう三十分以上たっていることに気がついた。

水樹くんからの連絡(れんらく)はない。

……今が夏だったらよかったのにな。

三角座りの膝に、あごを乗せてぼんやり思う。

もしこのまま水樹くんが来なくても、夏なら陽が長いから、まだしばらくは待っていられる。

暗くなるまで、気がすむまで。

そしてまた思い出す、声。

『俺は会いたいけどどうすんの』

私が本当は水樹くんを好きだと知ったら、水樹くんはきっとあんなこと言わない。

ここで会うこともできない。

……もう、言えっこないなあ。

そう思って自嘲(じちょう)する。

告白されては立ち尽くす彼の横顔を見て、こんな顔をさせるくらいなら、ひとりぼっちにさせるくらいなら、気持ちなんて伝えられなくていい。

そう思っていたのに。

今では、会えなくなるくらいなら、伝えられなくていい。

そんなことを考えている。ずるいなあ。

『……人を優しくさせるもの』

えらそうに言っておいて。

私も、桃井さんやほかの女の子たちと同じなのかもしれない。

身勝手に、水樹くんを好きで。

今にも泣き出しそうな空の下、膝に顔をうずめたとき。

勢いよくドアの開く音がして、びく、と肩が揺れた。

「春田さん、ごめ、足止めくらって……っ」

聞こえてきた水樹くんの声は、荒い呼吸で乱れている。

そんなに急いで来てくれなくたって、私はずっとここにいるのにな。

ずっとずっと、あなたを待っているのにな。

泣けない涙でふやけそうになりながら、そっと顔を上げたら、きれいな顔を苦しそうにゆがめている水樹くんと目が合った。

私の前にしゃがみ込んで、肩を上下させている。

走ってきてくれたの？

どんな顔をしたらいいかわからないまま、なんとか微笑んで。

「おかえりなさい」

こぼれる気持ちをそのまま口にしたら、目の前の水樹くんが、

「抱きしめていい？」

真顔でそんなことを言うから、思わず声を上げて笑ってしまった。

水樹くんって本当、脈絡がないし、ずれてる。

「なんで笑うの」

「だって、だめに決まってるのに」

「だめなの？」

「だめだよ、そりゃ」

秋なのに、水樹くんの額にはうっすら汗が浮いている。

本当に走ってきてくれたんだなあ。

ブレザーのポケットからハンカチを取り出し、ちょんちょん、と水樹くんのこめかみに当てると。

しゃがんでいる水樹くんに、三角座りごとかかえ込むように抱きしめられた。

ぱた、と手からハンカチが落ちる。

だめ、という声が、鼓動にのみ込まれて消えてしまう。

「……もういないかと思った」

頬に触れる水樹くんの首筋は熱くて、喉は声と一緒に震えている。

シャツのやわらかなにおいと、水樹くんのさわやかなにおいが混ざり合う胸の中は、窒息してしまいそうなほど幸せな場所だった。

場違い、なのにな。

こんなに近づいてしまったら、暴れる鼓動が水樹くんに伝わってしまう。

背中に手をまわすことなんてできないまま、ささやいた。

「お昼に、約束したでしょ？」

「でも、待たせたから」

水樹くんは言って、片手で私を抱きしめたまま、もう片方の手で私の頭に手を乗せる。

全身で抱きしめてくれている。

そうしていないと、私が逃げ出すとでも思っているみたいだ。

逃げられるわけなんて、ないのに。

「これくらいで、勝手に帰ったりしないよ」

安心させたくて、ゆっくり言う。

すると水樹くんは、ん、といつもの相槌を打って、ようやく私から離れた。

だけど、組んだ両手を私の後ろ首にひっかけたまま。

距離をとりながら、でもしっかり繋いでおくように。

こんなの、切なさとうれしさでどうにかなりそうだ。

水樹くんは私を繋いだまま、なお視線で私を縛って、

「風香ちゃん」

突然名前を呼ぶから、ときめきで体が固まってしまった。

「は、はい」

「風香？」

「ど、したの水樹くん、急に」

震えそうな声で言うと。

「……春田さん。なんで俺にキスされたのに怒んないの？」

最後はいつもどおり春田さん、と私を呼んだ水樹くんが、核心（かくしん）に迫るようなことを聞いた。

私は慌てて、目をそらす。心臓がばくばくと鳴る。

そりゃそうだ、昼間、怒ってないなんて言っちゃったのは失敗だった。

だって普通は怒るよ、好きじゃない人にキスされたら。

昨日、かわいいって言うのはだめって話、したばっかりなのに。

どうしよう、そう思って必死に言い訳を考えていると。

「もしかしてキスとか慣れてる？」

とんでもなく的外れなことを言われて、気が抜けた。

「慣れてるわけないよ……!?」

正真正銘（しょうしんしょうめい）、ファーストキスだよ。

「じゃーなんで怒んない？」

あ、そっかしまった、慣れてるってことにしたらよかった……！

表情を崩さない水樹くんに、私だけがしどろもどろになって、ぐぐ、と眉を寄せる。

「いやだった？」

追いうちをかけるように小首をかしげて聞かれて、顔に熱がこもる。

いやなわけない。うれしかった。

でも、そんなこと言えない。だからって、いやだった、なんて嘘はつきたくない。

「……っ、水樹くんこそ！」

言い逃(のが)れできないことを悟(さと)った私は、とっさに大きな声を出した。

「俺？」

「今日はどうしてこんな遅(おそ)かったの⁉」

強引に話題をそらす。いつも脈絡のない、水樹くんのまね。

水樹くんは少しぽかんとしてから、ふ、とわずかに微笑んで、

「ちょっと告られてただけだよ」

だから安心して、とでも言うように、私の頭に手を乗せる。

全然安心できるような出来事じゃないんですよ、水樹くん、告白というのは。

やっぱり水樹くんって、ちょっとずれてる王子さまだなあ。

そう思ったら、ふふふ、なんだかやわらかい気持ちになって、切なさが吹き飛んで、また笑ってしまった。

「なに笑ってんの」

水樹くんが不服そうに言って、私の髪をくしゃくしゃにする。

楽しくなって、私はさらに笑ってしまう。

そんな私を、水樹くんは困ったような顔で見つめた。

私は彼を見つめ返して、心でつぶやく。

好きだよ、へんてこな王子さま。

誰に何を言われても、されても、好きだよ。

私のこの気持ちは変わらないから、だから水樹くんも諦めないでね。

恋することを、諦めないで。

そう願ってにっこり笑うと、水樹くんは何か言いたげに口を開いた。

だけど何も言わず、私の鼻をきゅ、とつまんだ。

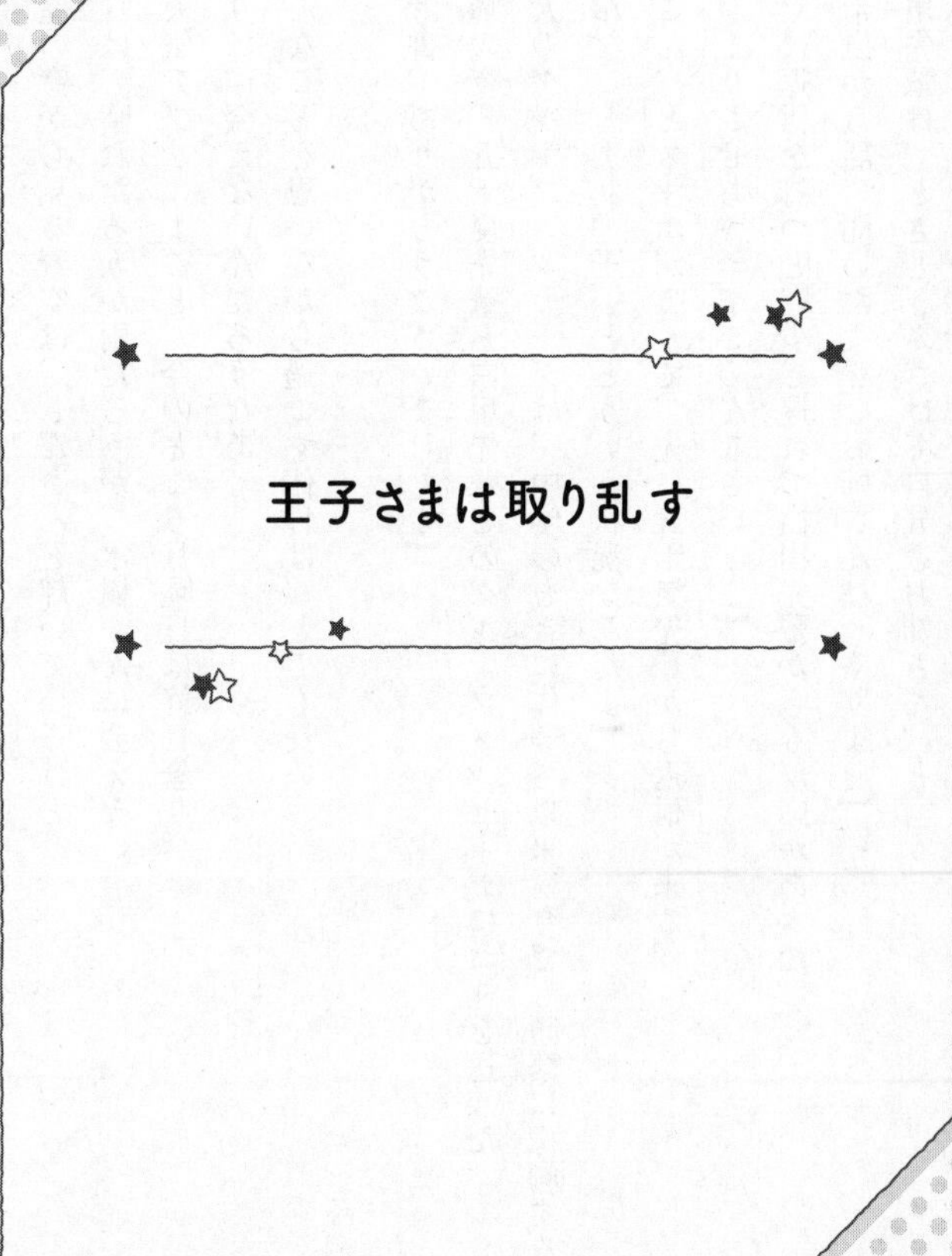

王子さまは取り乱す

部屋の窓から見る青空は、さんさんと輝いているけど。
休日は、晴れだろうが雨だろうが、水樹くんに会えない。
お天気アプリによると、今のところ月曜日は終日曇り。
曇りは、会えないんだろうなあ。
そんなことを思いながら過ごす休日は、とても長い。
【参考書、ありがとうございました！】
土曜の夜、五十嵐先輩と白川先輩とのグループメッセージにお礼を送った。
三人のグループメッセージは、中学のときに作って以来、今でも頻繁に稼働する。
【そんなことより、王子とどういう状況なんだよ】
ぴこん、とスマホが鳴って、先に五十嵐先輩から返信が来る。
【びっくりさせちゃってごめんなさい……】
すぐに返信を打つと、少し遅れて白川先輩からも反応があった。
【五十嵐から話、聞いたよ⁉　お姉さんびっくりよ⁉】
白川先輩は、ときどきふざけて自分をお姉さん、と言う。

【いや、お兄さんも聞いてないのよ】

五十嵐先輩も、同じようにふざける。

ノリがよくて、本当のお姉さんとお兄さんのように優しいふたりなのだ。

【じつはちょっと今、話がややこしくてですね。落ちついてから話そうと……】

水樹くんとのあまりに目まぐるしい出来事を、メッセージでうまく伝えられる自信がない。

どうしよう、と悩んでいたら、

【え、付き合ってんじゃねーの？】

五十嵐先輩からそう聞かれたので、私は慌てて返信を打った。

【ありえません！】

【えー、五十嵐の嘘つき！】

【いや、なんか王子メラメラしてたから、てっきりそういうことなのかと】

メラメラ？ってどういうことだろう？

【とにかく全然ありえません！】

自分で打ちながら悲しくなって、ううっとスマホをそばに投げると、すぐにまた震えるから手に呼び戻す。

だけど画面に映ったのは、五十嵐先輩の名前でも白川先輩の名前でもない。

【水樹光】の文字だった。

私は驚いてまた、ぽーんとスマホを投げてしまう。

見間違いかも、幻覚かも！

そんなふうに予防線を張って、そろそろとスマホを手に取り、片目をつむりながらスマホを見る。

本当に、水樹くんからメッセージが来ていた。

うれしいのとびっくりとで、心臓が胸から飛び出しそうになる。

はじめて屋上で会った日に連絡先は交換したけど、メッセージを送ったことはないし、送られたこともない。

なんだろう、どうしたんだろう。

左手でスマホを持ち、震える右手の人差し指で画面をタップした。

【春田さん、月曜日は曇りですね】

な、なんで敬語なの……？　ときめく……。

それと同時に、水樹くんも月曜日の天気をもう確認している、その事実に気づいて、ふわあ、と体が宙（ちゅう）に浮くような気持ちになる。

心がるんるんと躍（おど）り出してしまう。

好きな人への連絡はすぐに返さないほうがいい、とか、そんなセオリーは夜のかなたにふっ飛ばして、すぐに返信を打った。

水樹くんを待たせたくなんてないのだ。

【水樹くんこんばんは。でも、火曜日は晴れです】

すぐにぴこん、とスマホが鳴って、返信が来る。

【火曜ってだいぶ先ですね】

【三回寝たら、火曜ですよ】

もう何度も数えた三回、を打つと。

【つれない女だね】

急に敬語じゃなくなったメッセージが届いて、また胸がきゅんとなった。

結局、敬語だってなんだっていいんだ、相手が水樹くんならなんだって。

【つれなくないよ】

【つれないよ】

つれない、と二度も言われたことが悲しくて、私は出してはいけない勇気を出してしまう。

【火曜が楽しみです】

すると、さっきまで間をおかず届いていた返信が途切れてしまった。

引かれちゃったのかもしれない、ああ、調子に乗るんじゃなかった……。

ベッドに倒れて、後悔の波にざっぷーんと攫われそうになっていたところ、握っていたスマホが音を鳴らした。

ぱっと見ると、画面に映るのは水樹くんの名前で、でもそれはメッセージじゃなくて、着信で、パニックになる。

で、電話、嘘、心の準備が。でも、早く出ないと……！

着信音は鳴り続けている。

起き上がって正座になり、深呼吸をしてから通話のマークを押した。

「もしもし」

スマホを痛いくらい耳にくっつけて、うわずる声で言うと。

水樹くんは、名乗ることも挨拶もせず。

《楽しみって本当？》

いきなりそんなことを言う。

水樹くんのさらさらとしたきれいな声が、機械から鼓膜へ入ってきて、体じゅうを駆けめぐり、胸のドキドキになる。

「ほ、本当です」

《春田さんも俺に会いたいの？》

心臓が弾(はじ)かれた。

春田さんもってことは、水樹くんもってこと？

水樹くんも、私に会いたいの？

会いたくない、なんて言うのは、私が水樹くんを好きじゃなくたって変だ。

そう理由をつけて、会いたいって正直に言って、いいかな。

「……会いたいです」

言ってしまった。

機械を通せば、顔が見えなければ、きっと気持ちは隠せると信じて。

すると水樹くんは数秒、黙って。

ん、といつもの短い相槌を打って。

《今夜はよく眠れる》

「え……？」

《おやすみ春田さん》

それだけ言って、私のおやすみも聞かずに電話を切ってしまった。

私はスマホを呆然と眺めて思う。

……おやすみくらい、私にも言わせてほしいな、王子さま。

だけど、メッセージでも電話でもマイペースな水樹くんが、愛おしかったりもする。

最後に言われた、よく眠れる、の意味はわからない。

メッセージの意図も電話の意図も、わからないけど。

眠る前に水樹くんの声が聞けた。

それだけで胸がいっぱいで、きっと私は眠れない。

ばたん、ベッドに倒れ込むと、力の入らない手からスマホがこぼれた。

水樹くんの、淀みないさらさらの声が、心地よく耳に残っている。

なくさないように、何度も何度も思い出しているうちに、私は意外にもそのまま深く眠ってしまった。

五十嵐先輩と白川先輩から届いていたそのメッセージに、気がついたのは日曜の朝で。

【お姉さんもそう思う】

【ありえなくねーと思うけどなあ】

【事情があるんです。今度話すので、聞いてください】

夢から醒めたような心地で、そんな返信を打った。

それからはぼんやり、水樹くんからの昨晩の着信履歴を眺めるばかりで、あっというまに日曜は終わってしまった。

――月曜日。

お天気アプリの予報は、ちゃんと曇りのまま。

空も、ちゃんと曇りだ。

水樹くん推奨のお天気アプリは、本当によく当たる。

昼休み、麗ちゃんとお弁当を食べようとカバンの中をのぞいて、声が漏れた。

「……あ」

「どしたの？」

「お弁当忘れた……！」

「まじで？　はよ売店行っといで」

「うう、ごめん、先食べといてね」

「はいはい、気をつけてね」

普段は絶対忘れないのに。

土曜の夜から、浮かれてずっとぼんやりしているせいだ。

財布を持って教室を出る。

売店に向かう廊下を歩いていると、前方に、すらっと目を引く背中が見えた。

水樹くんだ……。

めずらしくひとりで渡り廊下を歩く、その後ろ姿を目で追う。

すれ違う男の子たちに声をかけられると、都度、さわやかに笑う。

女の子たちにきゃーきゃーと騒がれると、涼やかに目を伏せる。

その立ち振る舞いや仕草は、離れて見ると本当に王子さまのそれで、私は不思議な気持ちになった。

ふたりきりのときに見せてくれる、ゆるく気だるげな雰囲気も、マイペースでちょっとずれているところも、水樹くんの本当。

一方で、彼が完璧な王子さまであるのも、本当なのだ。

王子さまとしての役割をまっとうしようとはしているけど、王子さまを演じているわけじゃない。

不思議な男の子だ。

知れば知るほど、目が離せなくなる。

絶妙なバランスで成り立っている彼を、もっと奥まで知りたいと思ってしまう。

彼の、まだ誰も触れたことのない場所に、触れたいと。

そこはきっと、心で。

他人の心に触れたいと思うなんて、おそろしい欲望だ。

おそろしい、おそろしい、と思いながら私は、またしても糸で引っ張られるように、水樹くんの背中を追いかけてしまう。

一定の距離を置いて彼の後ろを歩いていると、はじめて屋上で彼を見た日から、まるで関係は変わっていないんだと痛感する。

好きになった男の子は、みんなの王子さまで、私は遠い片想いをしている。

だけど。

『春田さんも俺に会いたいの？』

水樹くんの声が、言葉が、胸にきちんと残っている。

触れた唇の感触も、抱きしめられた温度も、きちんと残っている。

何もかも同じじゃない。

何も知らなかった、彼の寂しい横顔しか知らなかった、私とは違う。

私は今、水樹くんの中にきちんと存在しているかな。

名前を覚えなくちゃいけない女の子じゃなくて、水樹くんを好きじゃないめずらしい女の子じゃなくて。

春田風香として、きちんと水樹くんの中に存在しているかな。

水樹くんが、水樹光として、私の中に存在しているように。

そうだったら、うれしい。そうだと信じたい。

人気の少ない裏庭に向かっていく、水樹くんの背中を見つめて思う。

私の足は、次第に歩調を速めていく。

追いつきたい。

追いついて、水樹くんって、声をかけてみたい。

胸がとくんとくん、優しいリズムを刻む。

できるよね？

だって、会いたいって言えたんだもん。

恋心（こいごころ）を見せることはできないけど、私が水樹くんに会いたいってことを、水樹くんは知ってくれている。

水樹くんって、名前を呼んで、あのブレザーの裾（すそ）をつかもう。

そしたらきっと水樹くんは、笑って振り返ってくれる。

誰に見られたっていいじゃないか。

そう思って、駆け出そうとしたとき。

水樹くんの背中が、ぴたりと立ち止まった。

彼が辿りついた裏庭には、女の子が立っている。

そしてようやく気づいた。

……告白だ。

私は慌てて、すぐそばの自販機の陰に隠れる。

さっきまで優しかった鼓動のリズムが、不規則に乱れていく。

そりゃそうだ、水樹くんが昼休みにひとりで裏庭に向かう理由なんて、告白、それ以外ない。

なんでそんな当たり前のことに、気づかなかったんだろう。

暗くなる視界がぐら、としたとき。

「うわあ、また王子さま、告られてんじゃん」

渡り廊下のほうから、知らない女の子たちの声が聞こえた。

「誕生日終わってもラッシュやまないねー」

「バースデー告白祭、勝者ゼロだもんね……」

「まだワンチャン狙ってる子いっぱいいるしね」

「でももう、誰も落とせないんじゃん？」

聞こえてくる言葉の数々に、うつむく。

「わわ、でもやばいよ、あれ、桃井さんじゃん⁉」

その声にはっとして顔を上げ、水樹くんのほうを見た。

「え、一年の⁉　あの美少女⁉　ついに動いたの⁉」

視線の先、水樹くんの前に立っているのは、まぎれもなくあの桃井さんだった。

桃井さんとの一件は、麗ちゃんにも話していない。

だけどよく、目で追うようになった。

クラスの男子の会話の中に挙がるその名前も、耳で拾ってしまうようになった。

桃井さんのまわりには、いつもたくさんの男の子がいたけど、遠目に見てもそれが違和感にならない。

姫、と呼ばれても嫌味（いやみ）な感じにならない。

そのお姫さまが今、ついに王子さまの前にいる。

声は聞こえないけど、頬を赤く染めて、まっすぐ水樹くんを見据えているのがわかる。

その瞳には、私が持つことのできない自信が宿っていた。

角度が悪くて、水樹くんの顔は見えない。
胸の音が洪水のように、とめどなく押しよせてくる。
……水樹くんの目に、桃井さんはどんなふうに映っているんだろう。
やっぱり、かわいいなって思うんだろうな。
かわいいって、また無意識に言ったり、するかな。
するかもなあ、だってかわいいもん。
息苦しいほどの切なさで、胸がいっぱいになる。
やっぱり前とは全然違うんだ。
何も知らずに告白現場を眺めていたときとは、比べものにならないくらいに苦しい。
目をそらしたいくらい、こわい。
「姫が相手じゃーさすがの王子も、なびいちゃったりして」
「うわーん、やだー　お似合いだから文句言えないのが、やだ！」
私は祈るように、数メートル先で向かい合っているふたりを見つめる。
じりじりと、いやな予感がしていた。
なんだかいつもの告白と違う。

いつもなら、もっと早く終わるのだ。

『気持ちはうれしいけど、ごめん』

水樹くんのその言葉で、女の子が走り去って、終わり。

だけど桃井さんは、何かを訴(うった)えるように水樹くんに語りかけている。

水樹くんもきっと、それに応えている。

そしてふと、もしかしたら今回は違うのかもしれない、と思った。

水樹くんはついに、出会ったのかもしれない。

……恋と。

そう思った瞬間、水樹くんは唐突に振り返り歩き出した。

いつもの告白現場なら、女の子が先に立ち去って、水樹くんはここに残るのに。

速足でこっちに歩いてくる水樹くんの顔は、寂しげなものじゃない。

戸惑うような、何かを考え込むような。

いつもと何もかも違った。

ああ、直感は当たっていたんだ。

涙がこぼれそうになって、ぎゅ、と目を閉じたら。

「春田さん……？」

水樹くんが、自販機の前から驚いたような顔で、私をのぞき込んでいた。

見開かれたガラスの瞳に、情けなく涙をこらえている私が映る。

いやだ、見ないで。

「こんなとこで何してんの？」

困惑するような顔で聞いた水樹くんは、ぱ、と後ろを振り返る。

反対側から裏庭を出ていったのか、桃井さんはもうそこにはいなかった。

それを確認した水樹くんが、安堵するように息をつくから、心臓がはらはら散る。

私といるところなんて、見られたらいけないんだ。

「……見てたの？」

心なしか険しい声で聞かれて、頬が震えてしまう。

「ご、めん、たまたま見かけて」

掠(かす)れる声で答え、無理やりに笑顔を作って聞く。

「こ、告白？」

水樹くんは神妙(しんみょう)な顔で、小さく一度うなずいた。

「さっきの子、一年の桃井さんでしょ？」

「……ん」

「やっぱりすごいな、水樹くんは」

「何が？」

「だって。あんなにかわいい子にまで、告白されちゃうんだもん」

自分の言葉に、自分で傷つきながら笑う。

そんな愚かな私を、水樹くんはじっと見つめている。

無垢な、まっすぐな、澄んだ瞳で。

いやだ、見られたくない。

こんなきれいな瞳に、こんなみっともない姿、映さないでほしい。

水樹くんに恋している私は、弱くて情けなくて、みっともない。

「よかった、ね」

なけなしの力を振り絞って言った、その一瞬、水樹くんの瞳が陰った。

見間違いかと戸惑う私の手首を、水樹くんはきつく握ったかと思えば、そのまま引っ張って歩き出す。

「み、水樹くん……⁉」

ずんずんと歩いていく水樹くんの背中に呼びかけるけど、水樹くんは私の手を引いたまま何も言わない。

そのまま、誰もいない裏庭の奥まで歩いていって、大きな木に私の背中を押しつけた。

「ど、したの……？」

片腕（かたうで）を木についた水樹くんに囲われて、おろおろしながら聞くと。

「春田さん」

ひどく苦しそうに、顔をゆがめて私の名前を呼ぶ。

「何……？」

いつも飄々（ひょうひょう）としている水樹くんの、はじめて見る顔。

水樹くんは目を細めて、何も言わずに至近距離から私を見おろしている。

何か言いたそうに。伝えたそうに。

でも口を開かない。

さわやかなにおいが、水樹くんからぱらぱら降ってくる。

彼のにおいの中でじっと見つめ合っていると、息が詰まってどうかしそうになる。

じわりとにじむ欲望が、水樹くんに手を伸ばしてしまう。

「水樹くん……？」

震える手が、何も言わない水樹くんの頬に触れた瞬間。

強引に、だけど優しく、唇を奪われた。

「……っ」

触れてからすぐ、ほんの数センチ離された唇は、水樹くんの意思でまたふさがれる。

角度を変えて、何度も掬うように繰り返される。

水樹くんのにおいが、今まででいちばん強くなってくらくらした。

首をよじっても、背後を木に縫いつけられた体では、水樹くんから逃げることができない。

「ま、……んっ」

待って、と言おうと開いた唇に、やわらかい熱が差し込まれた。

水樹くんの舌が、ゆっくり穏やかに私の口内を撫でる。

唇の隙間からは吐息が漏れる。

その吐息さえ奪うように、水樹くんは深く口づける。

前にされたキスと、全然違う。

体の奥に隠している、私の気持ちを引きずり出すようなキス。

どうしてこんなキス、するの？

濡れた音が響いて、耳をふさぎたいほど恥ずかしくて、ぎゅ、と水樹くんの胸元をつかむと、水樹くんは目を伏せたまま、ようやくゆっくり唇を離した。

呼吸を荒げる私を、平然と見おろしている。

何が起こっているのか、どうしてこんなことになったのか、わからない。

わからないまま、私はそれでも微笑もうとする。

そんな私を見て、水樹くんはまた、苦しそうに表情を崩すから。

私まで苦しくなって、しょうがない。

「……桃井さんと、何か、あった？」

弱く微笑んで聞くと、イエスともノーとも言わない澄んだ瞳が、ゆらゆらと揺れた。

ああ、と私は確信する。

水樹くんは、やっぱり恋をしている。

今、目の前で不安げに揺れている彼の瞳は、もう恋を知っている。

恋で揺れている瞳だ。

「なんでそんなこと、聞くの」

水樹くんは、吐息のように小さな声で聞いた。

「だって水樹くん、悲しい顔してる」

私は震える指先で、水樹くんの頬に触れて、答える。

「悲しいことが、あったんでしょ？」

水樹くんと桃井さんが、何を話したのかわからない。

恋の相手が、桃井さんなのかもわからない。

わからないけど恋は、どうしようもない切なさや悲しさを、連れてきてしまうものだから。

「悲しくなるのは、おかしいことじゃないよ」

私はささやく。私は私の恋を、まっとうしなくちゃいけない。

「恋をしたら、みんな、逃げられないことなんだよ」

教えるように言うと、水樹くんは揺れる瞳で私に聞いた。

「春田さんも、悲しいの」

もうこれ以上の嘘はつけなくて、一度だけうなずく。

「でも大丈夫」

笑ってみせると、水樹くんはめずらしく苦笑いをこぼして、そっか、とつぶやいた。

そしてゆっくり、歩いていった。


水樹くんから少し遅れて、私も歩き出す。

切なさと、さっき水樹くんから注ぎ込まれた熱がない混ぜになって、苦しい。

だめだよって言えなかった。

明日、屋上で会ったらちゃんと言わないと。

もうキスなんかしちゃだめだよって。

見上げた空は落っこちてきそうな曇り空で、本当に明日、晴れてくれるのかも疑わしい。

明日、予報どおり晴れたら、水樹くんと屋上で会うのは最後になるかもしれない。

だって水樹くんは、恋を知った。

ちゃんと自分で、自分にふさわしい人を選ぼうとしている。

そんな水樹くんに、私が恋を教える必要なんてもうない。

そもそもなんにも、教えられなかったけど。

苦笑いをこぼして渡り廊下に戻ったとき、

「あ、風香！」

凛とした明るい声に呼ばれて、顔を上げた。

ポニーテールを高い位置で結んだ白川先輩が、ぴょんぴょん飛び跳ねて私に手を振っている。

その隣には当たり前のように五十嵐先輩がいて、本当にお似合いだなあ、と思う。

到底明るく笑えるような気分じゃなかったけど、ふたりに心配をかけたくなくて、にっこり笑った。

「こないだは参考書、ありがとうございました！」

するとふたりは、なぜか心配そうに表情を曇らせる。

どうしたんですか？と聞くと、五十嵐先輩が険しい顔で口を開いた。

「風香、落ちついて聞けよ、さっき桃井さんが王子に……」

「五十嵐！」

白川先輩が、五十嵐先輩の声をさえぎって制止する。

なるほど、桃井さんの告白は、もうすでに学校中の噂になっているらしい。

ついさっきの出来事なのに、さすが王子さまとお姫さまだ。

「桃井さん、告白したらしいですね？」

「……ごめん」

謝ってくれる五十嵐先輩に、両手をぶんぶん振る。

「なんで五十嵐先輩が謝るんですか！　私は全然大丈夫ですよ？　そもそも水樹くんが誰かに告白されることなんて、もう慣れっこですから」

笑って言うと、白川先輩が私の肩に手を置いて、風香、と顔をのぞき込んでくれた。

だめだ、気をつかわせちゃってる。

「もしふたりが付き合うことになったら、お似合いですよね？　諦めもついちゃいますよ」

今にもくしゃくしゃになりそうな笑顔で、思ってもいないことを言う。

すると、白川先輩と五十嵐先輩は私を見つめて聞いた。

「ねえ、最近、王子と何かあったんでしょ？」

「こないだメッセージで説明するって言ってたやつ、なんだったんだよ？」

私は弱々しく首を振る。

「いいんです、もう、それは！」

「なんで？」

白川先輩に聞かれて、言葉に詰まると。

「あたし、王子は桃井さん、断ると思うよ？」

そんなことを言ってくれるから、思わず笑ってしまった。

「なんでそうなるんですかあ？」

「いや、俺もそう思うって！　だって王子、あんだけメラメラしてたし！」

「メラメラ？」

メッセージでも言われたような気がする、その言葉の意味がわからない。

「やきもちの、メラメラ！」

白川先輩が答えると、五十嵐先輩も激しくうなずく。

「こないだほら、参考書のときの王子、俺とお前の間に必死になって割り込んできただろ？」

「それは、水樹くんが私に用があったからで……、すごくマイペースな人だから」

「マイペースだからって、五十嵐の腕つかんだりしないって！」

「いやいや……」

「風香、まじな話、あいつ絶対、俺とお前のこと勘違いしてるって。俺と白川が付き合ってるって、ちゃんと王子に話してねーだろ？」

真剣な顔で言ってくれる五十嵐先輩に、私はまた首を振る。

「話してます」

「まじで？」

「はい。ちゃんと話しました」

五十嵐先輩と白川先輩は、顔を見合わせる。

私を励ますあてが外れた、という感じだ。

「だから、水樹くんがそんな勘違いするわけないです」

私は小さな声で、言った。

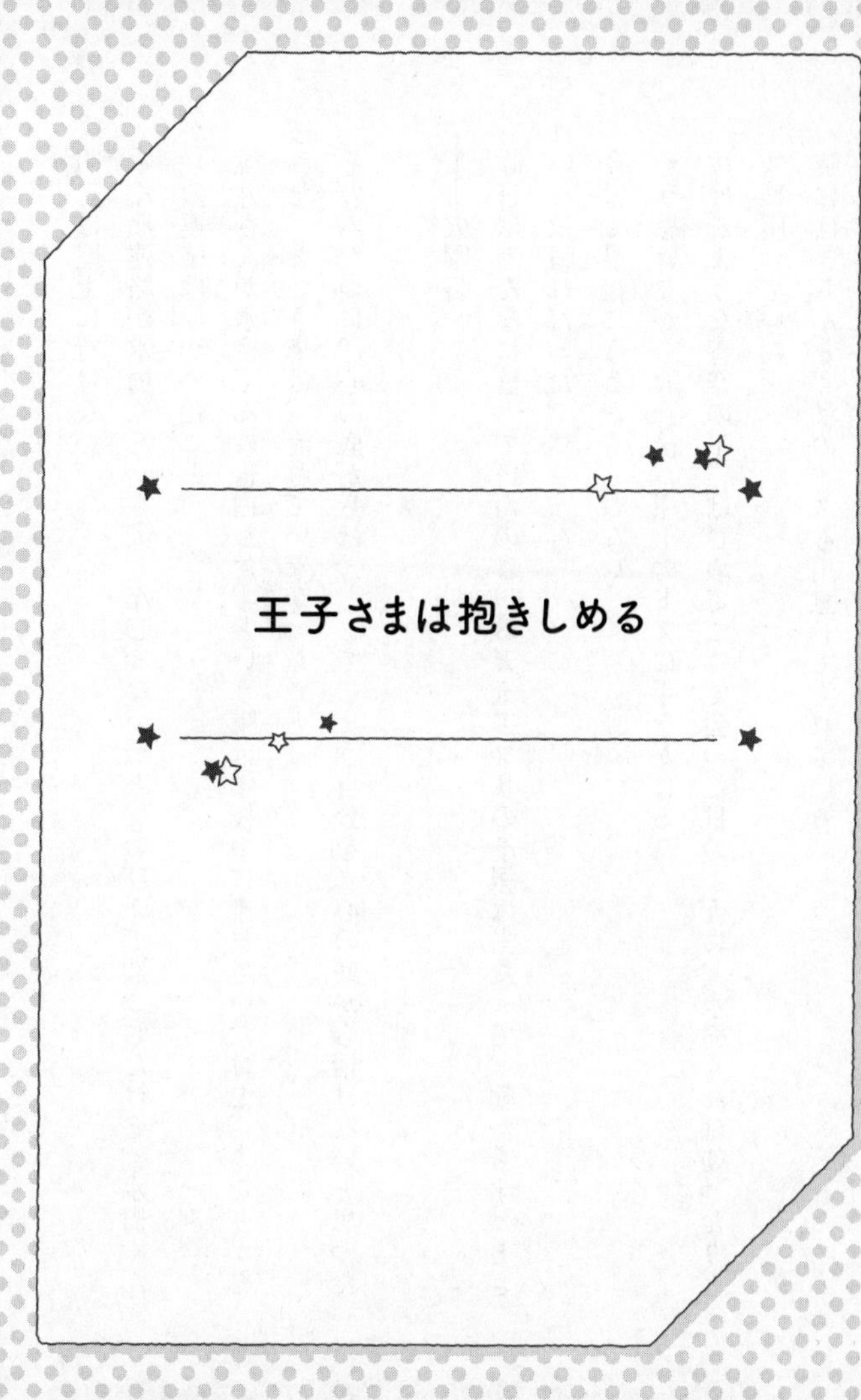

王子さまは抱きしめる

明日は屋上に行けない。

そんな連絡が水樹くんから入るんじゃないかと、おびえて過ごしたけど、水樹くんからの連絡はなかったこと。

桃井さんが水樹くんに告白した、という噂は学校中に流れていたけど、ふたりが結ばれた、という噂は、流れていなかったこと。

そのふたつに、心の底からほっとしてしまう自分を、心の底から情けないと思った。

——火曜日。

昨日はあんなに曇っていたのに、お天気アプリの予報は当たって、朝からずっときれいな秋晴れだった。

今日で最後になるかもしれない。

そう思いながら放課後、屋上のドアに手をかける。

抜けるような青空の下、はじめてここで会った日のように、水樹くんはゆったりとイスに座っていた。

隣にはきちんと、私のイスも用意してくれている。

空ってこんなに青かったかなあ。

水樹くんの背中と空を、ぼんやり見つめながら思う。

彼に恋した私の世界は、あざやかに色を変えてしまっている。

後ろ手にそっとドアを閉めると、振り返った水樹くんが私を見た。

「あ、春田さんだ」

昨日のキスなんて忘れてしまったような、いつもどおりのきれいな顔。

「あ、水樹くんだ」

二度目にここで会ったときと、同じように言葉を交わす。

でも胸は、あのときよりドキドキして、ずっと苦しい。

「今日は水樹くんのが早かったね？」

「俺が毎日毎日告られてると思ったら大間違い」

肩をすくめて言う水樹くんに、

「毎日毎日告られてるくせに」

同じように肩をすくめて言って、隣にそっと座ると。

水樹くんはしばらく黙って、少し真面目な顔をした。

隣から、私の顔をのぞき込む。その特別な瞳で。

「……昨日のことだけど」

静かな声で言われて、びく、と反応してしまった。

水樹くんはそれに気づいて、言葉を止める。

だめだ、全然覚悟なんてできてない。

動揺して視界がぶれるのを、なんとか正しながら、

「何？」

笑ってうながすと水樹くんはまた、じっと私を見つめたまま黙った。

水樹くんが口を開くのがこわい。

薄い唇を、ずっとそのまま結んでいてほしいと思う。

だけどゆっくり開くのを見て、目をそらしたとき。

「昨日キスしたこと、俺、謝んなきゃだめ？」

「え……？」

水樹くんは、予想外のことを言った。

「勝手にしたのは反省してるけど、俺、謝りたくない」

毅然とした口ぶりで言う。

私の好きな人は、ちょっとずれていて、変に頑固だ。

「謝らなくていいけど。……なんで、したの？」

熱くてたまらなかったあのキスを、思い出すだけで性懲りもなく、赤くなってしまう。

そんな私に、水樹くんは即答した。

「したかったから」

言い訳のひとつもしない物言いが水樹くんらしくて、胸が切なく締めつけられた。

したかったから、という理由ひとつで、勝手にあんなキスするなんて本当に勝手だ。

でも、やっぱりうれしかった。

キスしてくれたことも、したかったと言ってくれたことも、うれしかった。

「理由は、わかった」

「うん」

「でも、もうしたらだめ」

言ったそばから悲しくなって、ぎゅ、とこぶしを握る。

絶対に泣きたくない。

水樹くんの前では、最後まで笑っていたい。

「なんで、もうだめ?」

そんなことを聞いてくるから、私はふにゃ、と力なく笑う。

だって相手は、私じゃないでしょう?

だけどそんなこと言えなくて、何も答えられなくて、ただ崩れそうな笑顔を顔に貼りつけるだけになってしまう。

水樹くんは、そんな私を見逃してくれない。

「春田さん、元気ない」

真面目な顔のまま、断定するように言った。

私は笑って首を振る。

「元気だよ?　全然」

「俺、わかんの。元気ない」

水樹くんは譲(ゆず)らずに言って、自分のイスを動かす。

私の隣から、私の正面へと。

手をまっすぐ少しだけ伸ばせば、触れられる距離。

「……今も、まだ悲しい？」

小さな子どものような顔で聞いてくれるから、私は首を横に振った。

「悲しくない」

水樹くんは、手をまっすぐ少しだけ伸ばして、私の頬に触れる。

指先でくすぐるように。

このきれいな手に触れられると、悲しさも切なさもすべて霞んで、ただドキドキしてしまう私のことを、水樹くんは知らない。

知ってほしいのに、知らないんだ。

「俺、もうキスなんかしないから」

「……うん」

「笑って、春田さん」

ふに、と左頬をつまんで水樹くんは言った。

「笑ってるよ？」

「笑ってないから言ってる」

「五十嵐先輩となんかあった？」

また脈絡のないことを言い出す水樹くんに、私は目を丸くした。

「え？　どうして？」

「昨日、あのあと話してるとこ見たから。白川先輩も、いたし」

私の頬をつまんだまま、さらっとそんなことを言うから慌てる。

「え、見てたの⁉」

「うん遠目に」

「聞いた⁉」

「何を？」

「は、話してた、こと」

「……聞いてないよ。遠かったし」

頬から手を離して、ゆるりと視線をそらす水樹くん。

話の内容を聞かれていなかったことに、ほっとして息をついたら。

「俺には言えないような話？」

「笑ってるよぉ」

水樹くんは目を伏せて聞いた。

うん、水樹くんにだけは言えない、話。

「ただの世間話だよ」

「悲しい世間話？」

「え……？」

「ふたりの前でも、悲しそうな顔してた」

ささやくような水樹くんの言葉に、涙が込み上げてくる。

今、悲しいからじゃない。

あのとき私が悲しかったこと、遠くから見ただけで気づいてくれたこと。

それがうれしくて。

もの憂げにまぶたをを伏せる、水樹くんの横顔を見つめながら、思う。

水樹くんが好きだ。

「水樹くん」

名前を呼んだら、ん？と水樹くんが顔を上げる。

私を見つめるその顔が心配そうにゆがんでいるから、ありったけの笑顔で言う。

「今、元気になった」

「嘘つけ」

「ほんとだよ、信じて」

強く言うと、水樹くんはなぜか、とても切なそうに笑った。

「俺、春田さんのことはいつも信じてるよ」

水樹くんについた嘘が、ちくちくと胸を痛ませる。

「ねー、春田さん」

水樹くんはいつものように呼んで、今度は私の両頬をつまむ。

まるで、はじめて屋上で会った日のようだ。

されるがままの私に、水樹くんは聞いた。

「春田さんは、好きでもない男と付き合える?」

ぱち、瞬きをする。

水樹くんに両頬を伸ばされた、きっとまぬけな顔のまま。

「なんでそんなこと、聞くの?」

いやな音がする。心臓から。

最後まで笑顔でいたかったのに、水樹くんが思い詰めたような顔をするから。

今から私、傷つくってわかる。

「たとえば。たとえばだよ」

優しいその声に、おびえながら、こくり、うなずくと。

「春田さんはその男のこと好きじゃないけど、でもその男は、春田さんを笑わせる。寂しがらせないし、悲しませない。誰より大事にする。それなら、好きじゃなくても付き合える？」

……水樹くんは、誰の話をしてるの？

誰かを私に、紹介したいんだろうか。

「そ、んな人いないよ」

そんな人いらないよ、水樹くん。

「いたとしての話だよ」

そんなたとえ話しないでよ、水樹くん。

そんなふうに水樹くんを責めそうになる自分を、叱る。

水樹くんは、なんにも悪くない。

水樹くんは、ただまっすぐな男の子。

私を傷つけるつもりなんてひとつもない。

優しい人なんだから。

そういうところを知って、もっと好きになったんだから。

だから、答えは決まっている。

「無理だろうなあ」

心からこぼれてしまう笑顔で、私は言った。

「なんで?」

水樹くんは目を細めて、低い声で聞く。

「好きな人を、心から好きだから」

正直に答えると、水樹くんは両手で私の頬を包んだ。

そのまま、く、と私の顔を上向かせる。

自分のほうへ引きよせて、触れようとして、止めた。

さらさらの前髪から見え隠れするきれいな眉を、苦しそうによせて、でもすぐに笑って、ぱ、と私から手を離す。

……またキス、されるかと思った。

どくんどくんと鳴る心臓に耐えられなくて、私は無意識に立ち上がる。

フェンスまで、よたよたと歩く。

心臓がもたない。

感情がめちゃくちゃだ。

「春田さん」

後ろから私を呼ぶ水樹くんに、

「な、に？」

歩きながら返事をする。

「俺、昨日、桃井さんに告られたじゃん？」

桃井さん、という名前を聞いただけで、体が凍りついたような衝撃を受けた。

何度も何度も、心の準備をしたはずなのに。

「うん」

声が震えそうになってしまう。

「桃井さんって、俺みたいにモテるらしいよ。すごいよね」

「……じ、自分で言うかなあ」

端まで辿りついて、ぎゅ、とフェンスを握ると。

「王子ですから」

背後で水樹くんが、水樹くんらしからぬことを言うから、とっさに振り返った。

「水樹くんは水樹くんだよ」

思わず言うと、水樹くんはイスに座ったまま私を見据える。

秋風が私たちの間に、ひとつ吹く。

水樹くんは、声のトーンを落として言った。

「私のこと好きじゃなくてもいいからって言われた。まわりは、桃井さんなら女子も納得するって。現状いちばん平和な手だぞって。春田さんはどう思う？」

「どう、思うって？」

「俺と桃井さんが付き合ったら」

そんなこと私に聞いたって、仕方ないよ、水樹くん。

だって水樹くんは。

「……好きなんでしょ？　桃井さんのこと」

すがるように聞くと。

「全然」

水樹くんは、まっすぐ私を見て言った。

痛いくらいの視線に貫かれて、息が止まる。

水樹くんの好きな人は、桃井さんじゃない……？

桃井さんだとは言いきれないけど、きっと桃井さんなんだろうな、と思っていたから、混乱で頭がぐるぐるまわる。

何も言えずに立ち尽くしている私に、

「……なんですぐだめって言わないの」

水樹くんはイスから立ち上がって、責めるように言った。

「好きでもない子と付き合うなんて、春田さんの理論からいけばだめじゃん」

「でも、好きになれる可能性は、ゼロじゃない、し」

「自分は付き合えないくせに」

「わ、私と水樹くんは、違うから」

「春田さん、真面目に。本当にいいの？」

いやだよ。

あまりにきれいな瞳で私を見つめる水樹くんに、顔向けできなくて背を向ける。

地上を見おろせば、昇降口の花壇が見えた。

園芸委員が植えた花が、今年もきれいに咲いている。

去年の花は、もう枯れちゃったけど。

フェンスを強く握る。

すう、と息を吸ったら、もうすぐそこまで来ている冬のにおいが、体をいっぱいに満たした。

「いいとか、だめとかじゃなくて、いや」

視線を上げて、できるだけ遠くを見て、声を張って言う。

「水樹くんが心から好きになった人じゃないと、いや」

「……何そのわがまま」

水樹くんが、ぼそ、とつぶやく。

そうだよ、わがままだよ。

でもそうじゃないと、水樹くんはずっと寂しいよ。

だって恋は、頑張って手に入るものじゃないんだよ。

水樹くんの恋の相手が誰なのか、私にはわからないけど。

恋を殺して桃井さんと付き合ったら、水樹くんは優しいから、きっと桃井さんを好きになろうって頑張って、でも好きになれなくて傷つけて、また自分を責めて傷つくよ。

そんなのいやだよ。

でもそんなこと、私が言えることじゃない。

さっき自分で言ったとおり、水樹くんが桃井さんを好きにならない、なんて言いきれないんだ。

「あのね、水樹くん」

「……うん」

「私のこと好きじゃなくてもいいからっていうのは、本当はよくなんかないんだよ。よくなんかないけど、振り向いてほしいから言うんだよ」

「……」

「それくらい、水樹くんのことが好きなんだよ」

恋ってそういう、わがままだよ。

水樹くんにも、いつかわかるよ。

「俺のどこがいいのかさっぱりわかんねー」

水樹くんは、なぜか投げやりにそんなことを言う。

「水樹くん、いいとこいっぱいある」

「ないよ、顔とスタイルがいいだけ」

「そんなことないよ」

「勉強も運動も、別に努力してるわけじゃないし。器用なだけなんだよ、俺は。それっていいこと？　一生懸命努力して手に入れてる人のほうが、よっぽどかっこいいでしょ」

「……そうかもしれないけど」

「俺なんて見せかけだけの男だよ」

「そんなことない」

「そんなことある」

「そんなことない！」

思わず大きな声で言って、振り返ろうとしたら。

「じゃーなんで、春田さんは俺のこと好きになんないの」

それより先に、水樹くんに後ろから抱きしめられていた。

昨日のキスみたいに、強引に、力強く。

「み、ずきく……」

上手に呼吸ができなくなる。

「春田さんは、どうやったら俺のこと好きになんの」

耳元でささやかれて、背筋が粟立つ。

水樹くんの触れている場所、全部が熱い。

「な、んで私の話になるの……!?」

今は、水樹くんの話をしてるのに。

「なんでだと思う?」

「そんなの、わかんない……」

わかるわけない。

水樹くんは言うこともすることも、めちゃくちゃだもん。

わかるわけないよ。

抱きしめられたまま、きつく目を閉じたら。

「……わかんないなら、もういい」

水樹くんは低い声でそう言って、私から離れた。

熱だけ、私の体の奥の奥に残して。

待って、と止めたかったけど、間に合わない。

もう、背中に水樹くんの感触はない。

「俺、そろそろ帰んね」

「ジャージ探さなきゃだし」

水樹くんの声が遠くなっていく。

振り返ると、水樹くんはもう屋上のドアに手をかけていた。

「……ジャージ？」

「盗まれたの。まーいつものことだけど」

水樹くんの声は、むやみに明るい。

「王子のジャージは高値で取引されるらしいよ」

明るいけど、どうして。

いつもまっすぐ私を見るのに。

水樹くんは一度も振り返らずに、そのまま、屋上から出ていってしまった。

冷えはじめた風が、水樹くんのいない屋上にゆるりと吹く。

私はひとり、その場に立ち尽くしていた。

——なんで？

なんで私、水樹くんみたいに立ち尽くしてるの？

夜ご飯は、喉につっかえていつもの半分も食べられなかった。

心配するママに笑顔を見せて、いつもより早くお風呂に入り、ベッドに横たわる。

テレビを見る気にもならない。

どんなことも相談できる麗ちゃんにも、白川先輩や五十嵐先輩にも、電話をしようとは思えなくて。

【ジャージ、見つかりましたか？】

勇気を出してメッセージを送ったけど、水樹くんからの返信はなかった。

もう何度目だろう、お天気アプリを開く。

何度確認したって、明日は、雨。

ベッドサイドのチェストには、あの日渡せなかったクッキーの箱がずっとある。

自分では、食べることも捨てることもできなかった。

もう、きっと悪くなっちゃってるだろうな。

目に涙がにじむ。

寂しい顔、させたくなかった。ひとりきりにさせたくなかった。

それなのに、それさえ上手にできなかった。

ひとりで屋上を出ていった水樹くんの背中は、とても寂しそうだった。

なんであんなふうになっちゃったのかな。

水樹くんの声を、言葉を思い出す。

『じゃーなんで、春田さんは俺のこと好きになんないの』

なんで、水樹くんはあんなこと聞いたのかな。

『春田さんは、どうやったら俺のこと好きになんの』

もうとっくに、ずっと好きなんだけどな。

でも水樹くんは、そんなこと知らないから。

だから私に、聞いた。

なんで？

自分を好きにならない女の子が、めずらしいから？

……それとも。

唐突に浮かんだ考えに、首を振る。

そんなわけない。ありえないよ、思い上がりもいいところだ。

『春田さんは、好きでもない男と付き合える？』

水樹くんは聞いた。

これも、なんで？

……誰かを私に紹介しようとして。

無理だろうなあって、私は答えた。

だって、水樹くんが好きだから。

『たとえば。たとえばだよ』

水樹くんの、たとえ話。

『春田さんはその男のこと好きじゃないけど、でもその男は、春田さんを笑わせる。寂しがらせないし、悲しませない。誰より大事にする。それなら、好きじゃなくても付き合える？』

やっぱり誰かを、私に紹介したかったのかな。

私を笑わせる。寂しがらせない。悲しませない。大事にする。

そんな人、誰？

そのために頑張ってくれる人なんて。

思い浮かぶ人なんて、いない。

『春田さん、元気ない』

『俺、わかんの。元気ない』

……水樹くんしか、いない。

でもそんな、まさか、思い上がりだよ。

でも。

『春田さんにとって、恋ってどんなの？』

『……人を優しくさせるもの』

『優しく？』

『うん。たとえば。……たとえば、だよ？』

そうだ、はじめにたとえ話をしたのは、私。

『その人が寂しそうにしてたら、笑わせてあげたいなあって思うの。寂しそうにしてる理由が何か、なんて、関係ないの。ただ笑わせてあげたいなあって思うの』

好きだよ。

だから笑って、水樹くん。

それが何より、大切な気持ちで。

その気持ちこそが恋なら。

『笑って、春田さん』

今日、私の頬をつねった水樹くんは、そう言った。

切なそうに、そう言ったんだ。

これは私の思い上がりだ。

何度も何度も、そう言い聞かせるうちに夜が明けた。

でも考えれば考えるほど、霧が晴れてすべてが見えるようで。

ばらばらのピースが、きちんとはまっていくようで。

水樹くんは、私が水樹くんのことを好きじゃないと思っている。

水樹くんのほかに、好きな人がいると思っている。

そんな水樹くんが、私のことを好きだとしたら。

キスも、抱きしめたのも、私のことが好きだったからだとしたら。

『春田さんは、好きでもない男と付き合える？』

私のことを好きだから、あんなこと聞いたんだとしたら。

全部、辻褄が合ってしまう。

小さな火が灯ったように、胸が熱くなる。

もし思い上がりじゃないなら。

それは、まるで水樹くんそのものみたいに、なんて、なんてまっすぐな、恋なんだろう。

どうして気づかなかったんだろう。

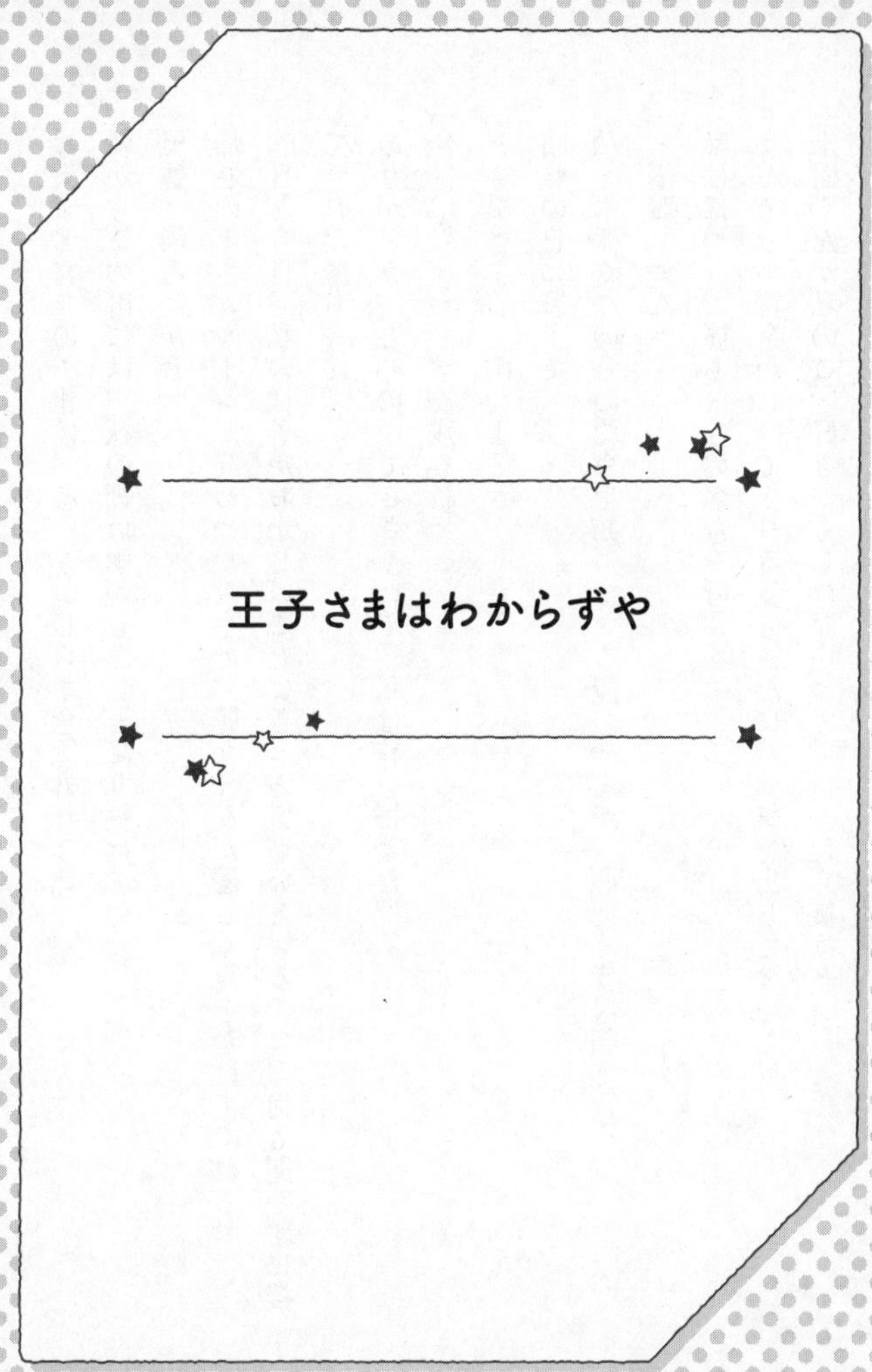

王子さまはわからずや

お天気アプリの予報は、あいもかわらず全然外れない。

朝からこの町には、秋の細い雨がしとしと降り続けていた。

「風香、帰ろっか？」

帰りのホームルームが終わった教室で、麗ちゃんが優しく声をかけてくれる。

昨日と今日、私の様子がおかしいことにきっと気づいているのに、何も聞かずに接してくれた麗ちゃん。

ありがとう、と心の中でささやいて、私は首を振った。

「今日、ちょっと学校残るね」

「でも風香……、雨だよ？」

晴れの日に屋上で。

私と水樹くんのその約束を知っている麗ちゃんが、心配そうな顔で言う。

「……麗ちゃん」

私はぽつり、麗ちゃんの名前を呼ぶ。

うん？と小首をかしげてくれる麗ちゃんに、勇気を出して聞いた。

「水樹くんが私のこと好きかもしれないって、言ったら笑う？」

麗ちゃんは一瞬驚いた顔をしてから、ううん、と微笑んで首を振る。

「笑わない。そうだったらいいなって思ってる」

「……へへ、ありがとう」

カバンの持ち手をぎゅっと握って笑う私に、麗ちゃんが聞く。

「気持ち、伝えるんだ？」

私は強くうなずいた。

「水樹くんの気持ちを確かめたくて、言うわけじゃないんだ。なんかもう……、自分の気持ちを、しまっておけなくて」

想いで胸がいっぱいで、こらえられない。

ずっとこんなに切なくて苦しいのは、あふれた想いがどこにも行けず、あふれたまだからだ。

きちんと向かうべきところに、向かわせてあげないと。

「思い上がりでも、振られてもいい。どうせずっと、隠しておけるものじゃないんだよね、恋は」

自分に言い聞かせるように言うと、麗ちゃんは私の頭に手を置いて笑ってくれた。

「風香、たくましくなったね」

「え、そうかな……?」

「王子が告白されるとこ見て悲しんでるだけだった、ちょっと前までの風香が知ったら、驚くよ」

「……うん」

うなずいてから、私はふ、と笑う。

屋上で出会った水樹くんは、マイペースで、正直で、ちょっとくたびれている、優しい男の子だった。

そんな彼に振りまわされるうちに、この恋は大きく、強くなっていたんだ。

そのことに気づいた。

「ねえ、麗ちゃん」

「うん?」

「……彼女になれなくても、そばで笑わせてあげることはできるかなぁ?」

微笑んでいたはずなのに、涙が出そうだった。

そんな私を、麗ちゃんはぎゅっと抱きしめてくれる。

「その気持ちだけで、笑わせてあげられる」

強い声で言ってくれたから、涙は出なかった。

【水樹くんに伝えたいことがあります。

屋上のドアの前で会えませんか？

雨ですが、待っています】

メッセージはもう送ってある。

麗ちゃんと別れたあと、私はひとり女子トイレに寄った。

何度スマホを見ても、返信はきていない。

だけどメッセージに、既読のマークはついていた。

返信のない既読なんて、誰が相手でも悲しいだけだと思っていた。

でも今日ばっかりは、水樹くんがこのメッセージを見てくれたことがわかるだけでも、ありがたいように感じた。

鏡の前に立ち、前髪を指先で整える。

今朝、カバンの中に入れてきたものを確認して、トイレから出た。

ドキドキ鳴る胸を押さえながら、スリッパから上履きに履きかえようとして、ふと動きを止める。

さっきここで脱いだはずの上履きが、ない。

……あれ、どこいったのかな。

あたりを見まわしてみるけど、どこにもない。

私以外の誰もいない女子トイレは、しんと静まり返っている。

かわりに廊下のほうから、ぱたぱた遠ざかっていく女の子たちの笑い声が聞こえた。

……そういう、ことか。

どこか落ちついた心で、ぼんやり足元を見つめる。

はじめてだな、上履きがなくなるなんて。

『あんまり好き勝手したら、ひどい目見ますよ』

桃井さんの声が、よみがえった。

彼女の仕業かもしれない。でも、違う誰かかもしれない。

水樹くんと屋上にいるところを、見られたのかもしれない。

もしそうなら、水樹くんに悪いことしちゃったな。

せっかく水樹くんが、ひとりでゆっくりできる場所だったのに。

思い返せば、女の子同士の大きなトラブルには、出会わず生きてきた人生だった。

別に幸運だったわけじゃない。

誰かと衝突してまで守りたいものが、私にはなかっただけだ。

我慢することで衝突を回避できるなら、進んで我慢する。

意識したことはなかったけど、私はたぶん、そういう人間だった。

未経験の事態に、小さく息を吐く。

職員室に行って、スリッパを借りようか。

そう思ったけど、大事になりそうな気がするからやめて、靴下のまま昇降口に向かうと。

靴箱の中のローファーも、見事になくなってた。

上履き同様、隠されたのか、捨てられたのか。

……徹底してるなあ。

これじゃ、水樹くんのところに行けない。

会いに行くのは、明日にしたほうがいいかもしれない。

急用ができたって、今からでも水樹くんに連絡を入れればいい。

そう考えてから、静かな心で問う。

……本当に？

靴がなかったら行けない？

明日にしたほうがいいかも？

……今日、今、伝えたいのに？

水樹くんがあそこで、私を待ってくれているかもしれないのに？

私はぐ、と奥歯を噛んで前を向く。

……そんなの、行けないわけない。

帰ろうとする生徒たちの間を抜け、私は傘もささずに昇降口を飛び出した。

雨は、さっき教室の窓から見たときよりも強くなっている。

走っている私を、たぶんみんなが見ている。

さっき整えたばかりの髪が、雨に濡れて乱れていくのがわかった。

ハイソックスしか履いてない足先は、アスファルトに触れて痛い。

でもこんなの、どうってことない。
だって私これから、水樹くんに好きだって伝えるんだ。
大好きだよって、ずっと言えなかったこと、伝える。
これが恋なんだよって、恋を知りたかった王子さまに、自分の恋をもって教える。
そのためなら、なんだってできる。
こんな雨だって晴れちゃいそうなほどの気持ちで、まっすぐ校舎裏まで走る。
誰もいないことを確認してからドアを開けて、階段をのぼる。
駆けのぼる。
そこにいてくれますように。
待っていてくれますように。
祈りながら見上げたら、その頂上に、ちゃんと水樹くんはいてくれた。
冷えた体と裏腹に、心はあたたかくなる。
優しい王子さま。私の好きな人。
薄暗いそこで、ドアにもたれてしゃがんでいた水樹くんが、ゆっくり顔を上げる。
「水樹くん」

会えたことがうれしくて笑うと、水樹くんは目をみはった。

「春田さん、どしたのそれ」

ああそうだった、私、今、びしょ濡れなんだった。

でも水樹くん、そんなことどうでもいいの。

どうってことないの。

はあはあ、走ってきたせいで荒い呼吸を整えながら、首を横に振る。

立ち上がった水樹くんが、私の両肩をつかんで険しい顔で聞いた。

「靴、なんで履いてないの？」

「違うの水樹くん」

「違うって何が？」

そんな顔、させたいんじゃないの。

私はまた首を横に振る。

だめだ、上手に言葉が出ない。

水樹くんは険しい顔のまま、奥に置き去りにされているものの山から、イスをひとつ引っぱり出してきて、ドアのすぐそばに置く。

いつかしてくれたように座面を手で払って、

「座って」

水樹くんは言ってくれる。でも、私は首を振る。

「いいから座って」

はじめて厳しい声で言われて、私は言われるがままそこに座った。

白い靴下は、もうどろんこになっている。

その場に片膝をついた水樹くんが、私のつま先にそっと触れる。

心臓に触れられたかのように、体がじんと痺れた。

「……水樹くん、汚い……」

「誰にされたか、わかる？」

水樹くんは、私の声をさえぎって聞く。

ああ、さすが王子さまだなあ。

何があったか、すぐわかっちゃうんだ。

「なくしただけ」

つぶやくと、水樹くんが鋭い視線を投げてくる。

「どうやって靴なくすの」

そんな顔、似合わないよ、水樹くん。

「……誰にされたか、教えて」

「そんなのわかんないし、どうでもいいよ」

「どうでもよくない」

どうでもいいんだよ、本当に。

靴のひとつやふたつ、いくらでも取ればいい。

私から何を取ったって、この気持ちだけは奪えないから。

「ごみと間違えられたんだよきっと。ねえ水樹くん、そんなことより……」

「……俺のせいだ」

また私の言葉をさえぎって、水樹くんがはっきりと言った。

「違う！　なんでそうなるの？」

私は首を横に振る。涙がにじんでくる。

「ごめん、俺が油断した」

何？　油断って。意味がわからない。

整った顔が悲しそうにゆがんで、きれいな指先が私の足をあたためようと包む。
伏せた瞳が、泣きたそうにしている。
悲しみの中に沈んでいく。
だめだ。
水樹くんに今、言葉、通用しない。
私はイスに座ったまま、片膝をついている水樹くんの頭を抱きかかえた。
ぎゅっと腕に力を込める。
水樹くん。
大好きな水樹くん。
こんなことで、悲しまないで。
「……春田さん、好きじゃない男に、こんなことしていいの」
私の腕の中の水樹くんが、静かに聞く。
優しく鳴る胸の音が、今、水樹くんに聞こえていればいいのに。
もう、すべて伝わってしまっていい。
「水樹くん」

「……ん」

いつもの短い返事をくれる水樹くんに、言う。

「私の言葉、信じて」

「……うん」

「よく聞いてね」

はじめて屋上で会った日、本当の水樹くんを知った日。

言えなかったこと。

「水樹くんは、悪くない」

「……」

「いつだってずっと、何ひとつ悪くないんだよ」

強く言った。

坂上さんの世界の終わりも、学級崩壊も、ほかにもきっと、私が知らないだけできっともっとたくさんあった悲しいこと、誰かを悲しませたこと。

女の子が水樹くんの前から走り去るのも、私の靴がなくなったのだって、全部。

水樹くんのせいなんかじゃ、ないんだよ。

ゆっくり水樹くんが、私の腕の中で顔を上げる。

儚く揺れる瞳が、まっすぐ私を見ていた。

恋をしている瞳。

そこには私だけが映っている。

ああ、この人は私のことが好きなんだ。

瞳は嘘をつけないから、すぐわかった。

それなのに。

「春田さん、やっぱ俺、桃井さんと付き合うわ」

水樹くんは、瞳を裏切ってそんなことを言った。

「な、んで？」

「そしたら春田さん、こんな目にあわない」

ああ、水樹くんのバカ王子。

違うよ、そうじゃない。

「だめだよ、それじゃ、水樹くんの恋はどうなるの……？」

私がいちばん大切な水樹くんの気持ちはどこいくの？

水樹くんは右手をそっと、私の頬にそえる。

目を細めて、寂しそうに笑う。

「王子に恋は、無理」

いちばん見たくなかった顔を、いちばん近くで見てしまった。

「……諦めないでよ」

ついにこらえきれなくて、何かが途切れたように涙が出た。

「そんなふうに投げないでよ」

「いいよ、春田さん。もういい。俺に付き合わなくて」

「なんでそんなこと言うの？」

「恋なんてもう、教えてくれなくていい」

「バカなの水樹くんは⁉」

今まで出したことのないような、大きな声が出た。

驚いて私を見る水樹くんの手を、ぱっと振り払う。

涙がぼろぼろ出る。

水樹くんは、バカだ。

「そんなのだめでしょ⁉」

「だめって何が……」

「ちゃんと、笑ってくれなくちゃ……っ」

「春田さん……？」

「笑わせてあげたいって、必死に思ってた私はどうなるの⁉」

「はる……」

「ひとりにしたくないって、思って伝えられなかった私の気持ちはどうなるの⁉」

すごく身勝手な言い分だ。

なんて、わがまま。

涙をぬぐわずに立ち上がる。

「……水樹くん、私、水樹くんに教えなかったこと、ある」

片膝をついたまま私を見上げる水樹くんの顔が、にじんでしまってよく見えない。

「恋は人を優しくするだけじゃないよ」

今、どんな顔で私のこと見てる？

「人を意地悪にしたり傷つけたりする」

「ぐちゃぐちゃに乱して、悲しくさせる。嘘だってつかせる」

私、今、どんな顔してる？

階段に向かって歩き出したら。

「春田さん待って」

水樹くんが強く、私を呼ぶけど。

「待ちたくない」

わからずやの水樹くんの言葉なんて、聞きたくない。

ひくひく、泣きながら私はカバンからあるものを取り出す。

今朝、ベッドサイドのチェストから持ってきた、あの日の小箱。

にじんでいく。

振り返って、水樹くんに投げつける。

それは見事に水樹くんのおでこにぶつかって、ぱたりと地面に落ちた。

「何、これ……」

水樹くんが拾い上げて、聞く。

私はその姿から、目をそらして答えた。本当のことを。

「水樹くんの誕生日に作ったクッキー」

一生懸命作ったけど、渡せなくてあの日、ブレザーのポケットに隠した。

水樹くんのお兄ちゃんに、食べられる予定だったクッキー。

「あの日、好奇心で屋上に行ったなんて、嘘だよ」

「え……?」

「水樹くんが好きだから、屋上までついていったんだよ」

水樹くんをくたびれさせた、多くの女の子たちと同じ。

こんなことになるくらいなら、あの日、伝えておけばよかった。

こんなに悲しくなるくらいなら。

「……水樹くんは、恋のこと、なんにもわかってない」

泣きながらつぶやいて、私は階段を駆けおりた。

結局、水樹くんをひとりぼっちにして。

悲しいのか悔しいのか、心がぐちゃぐちゃになってしまって涙が止まらなかった。

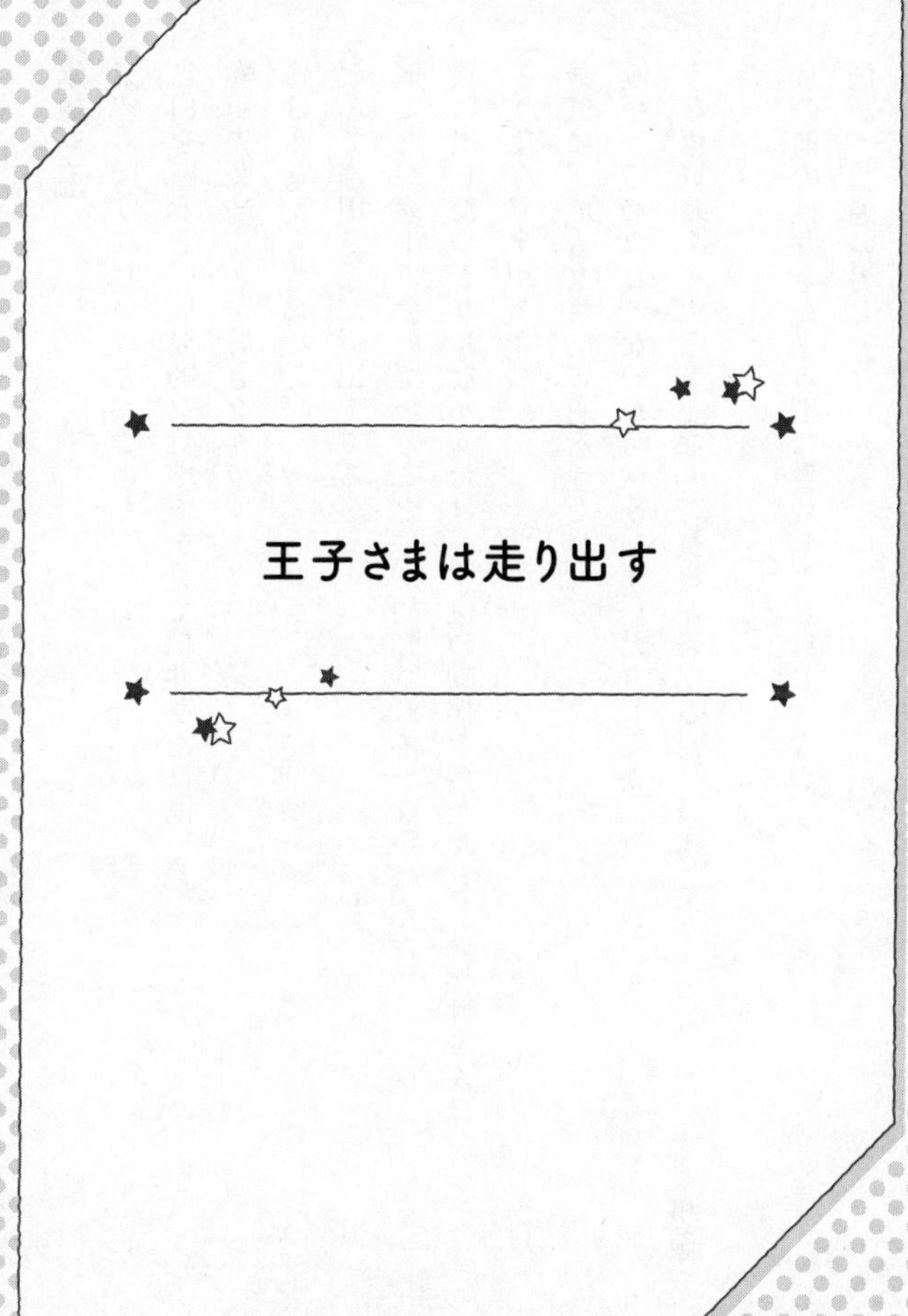

王子さまは走り出す

【水樹side】

『気持ちはうれしいけど、ごめん』

告白を断ると、挑発的(ちょうはつてき)な目で俺を見て桃井さんは聞いた。

『春田先輩のことが好きなんですか？』

俺は少なからず驚いた。

なんで春田さんが、出てくる……？

俺たちが屋上で会っていることは、周知されていないはずだ。

顔に出したつもりはなかったけど、俺の動揺を察したらしい桃井さんは、

『どうなんですか？』

勝気に、でも女性的に首をかしげた。

俺だってバカじゃないから、うなずいたりしなかった。

うなずいたら、大なり小なりの被害(ひがい)が春田さんに及(およ)ぶことくらい、たやすく想像できた。

目の前の桃井さんを特別に警戒(けいかい)したわけじゃない。

俺が、普通の男じゃないから。

自分の些細な発言や行動が、多くの人間の喜怒哀楽を激しく決定づけてしまうところを、もう何度も見てきた。

どれだけ気をつけても、悲しませることには終わりがない。

だから十数年、王子と呼ばれる男として都度、悲しむ人がなるべく少なくなる行動を選べるようになったつもりだった。

でも。

『こないだ水樹先輩、廊下で春田先輩に声かけてましたよね？』

そうだよな、俺、あのとき油断したよな。

この間の昼休み、五十嵐先輩が春田さんのクラスの前にいるのを見た。

五十嵐先輩は、春田さんの好きな人だ。

でも五十嵐先輩は白川先輩と付き合っていて、春田さんはふたりともと仲がいい。

つまり、春田さんはつらい片想いをしている。

それを知っていたから、見過ごせなかった。

春田さんが、俺以外の男のせいで悲しい思いをするなんて、許せなかった。

でも、遠くから見る春田さんは、五十嵐先輩と心から楽しそうに笑っていた。

悲しいのをこらえて、笑っているんだと思った。

好きな人が自分を好きじゃないというのは、悲しい。

ごく自然に、その感情が自分の中で再現できた。

もう知り尽くしている感情のように。

春田さんの気持ちを知らない五十嵐先輩が、春田さんに触れようとしたとき。

今は昼休みで、廊下にはたくさんの女の子がいて、だからだめだって、春田さんに迷惑がかかるって、わかっていたのに、動く体を止められなかった。

『もしかして水樹先輩と春田先輩、何かあるんじゃないかって、そういう噂もたってるんですよ』

試すような口調の桃井さんに、軽く笑う。あくまで平然と。

『なんもないけどね』

『ですよね？　春田先輩なんて、みんなノーマークだったからびっくりです』

そんなことを言う桃井さんに、はは、と思わず笑いがこぼれた。

こいつ今、『春田先輩なんて』って言ったな？

春田さんほどの女の子を、なんて、なんてよく言える。

『なんで笑うんですか？』

不思議そうに聞く桃井さんに、俺は微笑んで首を振った。

『いや、いっぺん鏡見てこいよと思っただけ』

『鏡……？』

『いいんだ、こっちの話』

怒りとも呆れともつかない感情で笑ったとき、ふと、腑に落ちた。

頭から冷たいものをかけられたような感覚に陥る。

……俺が、言わせてんのか。

俺のせいで今、春田さんは侮辱されたのか。

『春田先輩なんて、なんとも思ってませんよね？』

桃井さんは、執拗にそう聞いてくる。

きっと桃井さんだけじゃない。

ほかの女の子たちも、きっとこうやって春田さんの話をしている。

俺なんかのせいで、『春田さんなんて』と春田さんが言われている。

そんなことにも気づかなかった。

そんなことにも気づかず、春田さんに触れていた俺が、首を横に振れるわけがない。

うなずかなかったのは、せめてもの意地だった。

この気持ちにだけは嘘をつきたくない。

いつぶりのわがままだろう、そう思ったとき、桃井さんは言った。

『春田先輩も水樹先輩のこと、なんとも思ってないって言ってましたよ』

足元がぐらつくような錯覚を起こした。

春田さんが俺を好きじゃないなんて、わかっていたことだ。

今さらショックを受けることじゃない。

それよりも。

『春田さんと、なんか話したの？』

桃井さんは、さも当然、という顔でうなずいた。

『水樹先輩と何を話してたんですか？って、聞いただけですよ』

『それだけ？』

『それだけですけど』

そんなわけない。

春田さんは俺に何も言わなかった、おくびにも出さなかった。

でも、きっと何か言われたはず。

いやな思いを、したはず。

冷静に、と言い聞かせる自分の裏側で、怒りと悔しさが沸き立っていた。

『俺と春田さんは、本当に何もない』

自分で自分を傷つけるようなことを言った。

『じゃあ……』

『でも、桃井さんとは付き合えない』

できるだけ少ない言葉数で言うと、桃井さんは唇を噛んで、悲しいというよりは悔しい、そういう顔で俺を見た。

いつもなら、泣かれなかったことに安堵できるのに。

『もう、春田さんに関わんないで』

こんなことを言うしかできない、悔しいのは俺のほうだ。

『待ってください！』

踵を返そうとする俺を、桃井さんは引きとめた。

学級崩壊を起こして以来、女の子からの告白を中断したことはない。

最後まで、相手の気がすむまで話を聞くと決めていた。

でも今、もう何も聞きたくない。

春田さんの声以外、聞きたくない。

『悪いけど、もう黙って』

吐き捨てるようにそう言って、桃井さんに背を向けた。

すぐに後ろで歩き出す音が聞こえて、俺はようやく安堵した。

春田さんを侮辱する女が去った。

それだけの理由でしか、俺は安堵することができない。

今後もし同じようなことがあったらどうするか、考えながら裏庭を歩いた。

言えばいいのか？

俺のただの片想いだからって、正直に？

春田さんに手出ししたら、俺が許さないって、ヒーローみたいに？

守ることもできないのに？

彼女でもない女の子を想って、俺が健気(けなげ)に守ったら、春田さんへの風当たりが強くなるだけだ。

好きでもない男に守られる、春田さんだって迷惑だろ。

じゃあ、どうすれば。

……捨てればいいのか？

この気持ち全部、守りたいという感情ごと、捨てればいいのか。

俺は、片想いさえできないのか。

残酷な問いにぶつかったとき、前方の自販機の陰に立っている、春田さんを見つけた。

『春田さん……？』

呼ぶと、揺れる瞳で春田さんは俺を見た。

『こんなとこで何してんの？』

聞いてから、はっとして振り返る。

もし今、桃井さんに見られていたら。

でも、さっき聞いた足音どおり、桃井さんはもうそこにいなかった。

俺は再び安堵の息をついた。

俺といるところなんて、見られたらいけないんだ。

『……見てたの？』

春田さんは小さくうなずいた。

『ご、めん、たまたま見かけて。……こ、告白？』

笑って聞く春田さんに、笑うな、はじめてそう思った。

俺がほかの女に告白されてんのに、平気そうな顔で笑ってくれるな。

とんでもないわがままだ。

『さっきの子、一年の桃井さんでしょ？』

『……ん』

『やっぱりすごいな、水樹くんは』

笑顔の春田さんが言う。

『何が？』

声が震えそうだった。

『だって。あんなにかわいい子にまで、告白されちゃうんだもん』

春田さんのほうがかわいいよ。

春田さんだけ、俺はかわいいのに。

言えない。

はじめて春田さんにかわいいと言った、だめだよと春田さんが怒った、あの日ともう違う。

俺はもう、胸を張って言っていいはずなのに。

言えるだけのたしかな感情を持っているのに。

言えないのか。

言えないってこんなに苦しいことなのか。

それならせめて、伝わればいいのに。

言葉なんかなくても、俺の気持ちもこの苦しさも、春田さんだけがかわいいってことも全部、目と目を通して伝わればいいのに。

そんな無茶な願望で、俺は目の前の女の子を見つめた。

すると春田さんは困惑するように、ふらりと俺から視線を逃がして笑うから、直感した。

俺、これからたぶん、めちゃくちゃに傷つく。

そして身構える間もなく、

『よかった、ね』

粉々に砕かれた。

視界がぐらりと揺れて、激しい頭痛に襲われた。

そして気づいたら、裏庭の奥の林の中で、春田さんを木に押しつけていた。

『ど、したの……？』

春田さんの丸い瞳が、さらに丸くなって俺をとらえた。

言いたい言葉が次から次へと、胸にあふれて体内で暴れていた。

なんでそんな、平気そうに笑うんだよ。

俺のせいでいやな思いしたはずなのに、なんで俺に何も言わないんだよ。

俺のこと、本当になんとも思ってないのかよ。

でも俺は、そのどれかひとつさえ取り出すことができない。

『春田さん』

ただ名前を呼ぶことしか。

ただ名前を呼ぶだけで、こんなに痛い。

『何……？』

俺の痛みを推しはかるように聞く、優しくてまっすぐなこの女の子を、俺のものにしたいと思った。

俺の悲しみが春田さんのせいであるように、春田さんの悲しみも俺のせいであってほしかった。

恋は人を、優しくさせるもの。

春田さんから教わった恋とは、ほど遠い。

俺は全然、優しくなれない。

『水樹くん……？』

何も言わない俺の頬に、春田さんの手が触れた瞬間。

正しい感情のすべてを置き去りにして、俺は春田さんの唇に触れていた。

ただ欲しくて、自分のものにしたくて。

怒れよ、その自由な手で俺の顔を殴れ。

そう祈りながら、それでも求めて春田さんにキスをする。

こんなにぼろぼろになってまで、春田さんを求める俺は、みじめだ。

薄目を開いて春田さんが俺を見るたび、さえぎるように唇を重ねた。

こんな俺を見ないでほしい。

でも知ってほしい、受け入れてほしい。

制止しようと開く春田さんの唇に、そっと舌を差し込む。

俺の矛盾を、春田さんの中に知らしめるように。

こんな気持ちを春田さんも、五十嵐先輩に抱くのか。

そう思ったら、嫉妬でどうにかなりそうな自分をなだめながら、せめて身勝手なキスだけは優しく、繰り返す。

角度を変えて唇を重ねながら、伏し目で彼女を見おろすと、俺の胸元をつかむ小さな手が震えていた。

……俺、何やってんだろ。

我に返って、春田さんから離れると。

乱れた呼吸で肩を小さく上下させながら、それでも春田さんは、一生懸命俺に微笑もうとしていた。

なんで笑おうとするんだよ。

頼むからちゃんといやがってくれ。
怒ってくれ、泣いてくれ。
俺みたいに、自分本位になって。
そう願う俺の身勝手を、
『……桃井さんと、何か、あった？』
あいかわらずの優しさで包もうとするから、もう届かないと思った。
『なんでそんなこと、聞くの』
往生際悪く、言うと。
『だって水樹くん、悲しい顔してる』
春田さんの指先が、再び俺の頬に触れる。
震えてんじゃん、いやだったんだろ？
それなのになんで、優しくしようとするんだよ。
『悲しいことが、あったんでしょ？』
なんで俺のことばっか、考えてんの？
『悲しくなるのは、おかしいことじゃないよ』

切なそうに瞳を揺らして、静かに言う。
いつも自分以外の、目の前の俺のことばかり考えている女の子。
『恋をしたら、みんな、逃げられないことなんだよ』
まっすぐ俺を見つめて、そう教えてくれるから、心の真ん中が震えた。
『春田さんも、悲しいの』
そうじゃなければいいと、願いながら聞くと。
彼女はゆっくり一度うなずいて、ふんわりと笑った。
『でも大丈夫』
強くて優しいこの女の子の笑顔を、守りたいと思った。
その笑顔が、俺のためのものじゃなくて、いいから。
さっきまでの矛盾はすべて消えて、その気持ちだけが残った。
そうか、春田さん。
春田さんもずっと、こんな気持ちをかかえていたのか。
春田さんとのすべてを思い出しながら、靴下のまま走り去ってしまった彼女を探す。

校庭、グラウンド、中庭、裏庭、昇降口。
雨の中、思いつくかぎりの場所を駆けまわる。
春田さんの靴をどうにかしたのが、誰かなんてわからない。
桃井さんかもしれないし、そうじゃないかもしれない。
でも、誰がやったかなんてどうだっていいんだ。
俺が誰かにそうさせて、俺が春田さんを悲しませた。
それだけが事実で。
それなのに春田さんは、強くて優しい春田さんは、
『水樹くんは、悪くない』
俺を抱きしめて、そんなこと言うから。
そんなこと言ってくれる女の子は、はじめてだったから。
やっぱり何に変えても、守りたいと思った。
俺の気持ちに変えても。
桃井さんと付き合うことで、すべては丸くおさまってしまう気がした。
俺が春田さんへの気持ちを捨て、〝現状いちばん平和な手〟を取って桃井さんと付

き合えば。

春田さんの何かひとつでも守れる気がしていた。

俺から離れた場所でもいい、笑っていてほしくて。

それなのに。

『バカなの水樹くんは⁉』

春田さんは泣いた。

いつも俺の前で笑っていた春田さんが、笑おうとしてくれていた春田さんが、泣いて怒って投げつけた小さい箱。

それは、今まで何度ももらったことのあるような、なんの変哲もない箱。

『水樹くんの誕生日に作ったクッキー』

春田さんは泣きながら言った。

『あの日、好奇心で屋上に行ったなんて、嘘だよ』

五十嵐先輩を好きなはずの、春田さんが言った。

『水樹くんが好きだから、屋上までついていったんだよ』

拾い上げたその小さな箱の四隅が、丸まっているから気づいた。

ああ、何度も何度も握ったんだ。きっと。

春田さんは、最初から優しかった。

言えなかったんだ。

すべてあの日に繋がった。

あの晴れた屋上の、俺が十七歳になった日の屋上の、俺と春田さん。

疲れ果てている俺を見たから、言えなかったんだ。

『俺だからついてきたんじゃないの？』

好きだと言おうと、追いかけてきてくれたのに。

『立ち入り禁止ってドアに書いてあるの、前から気になってて……』

『ふーん……』

『ほんとたまたま、好奇心で！』

俺に渡そうと、気持ちと一緒に握っていてくれたのに。

『……ま、手ぶらっぽい信じるか』

そんなこと言われたら、渡せないよな。

あの日の春田さんは、気持ちを隠して、俺のくだらない話を聞いていてくれていたんだ。

あの日だけじゃない。
あの日からずっと、隠して黙って、俺のそばで笑ってくれた。
気持ちを言えないことは、こんなにつらくて悲しいことなのに。
冷たい雨の降りしきる、校舎の敷地のどこにも春田さんはいない。
まさか、靴も履かずに帰った？
そんなんだめだ、ケガする、危ない。
今になってスマホの存在を思い出し、走りながら電話をかけるけど、出ない。
あーくそ、なんですぐ背負って家まで送ろうとしなかったんだよ、俺。
肩で息をしながら、びしょびしょになりながら、昇降口の前で膝を折ったら。
色とりどりの花が植わる大きな花壇の中に、うち捨てられている上履きを見つけた。
一瞬で世界から色が消える。
歩みよって、しゃがんで、拾う。
泥にまみれてぐしゃぐしゃになった上履きには、『春田』ときちんと書いてある。
瞬きをすると、滴（したた）った水滴（すいてき）がまぶたから落ちた。
……結局、こうなるんだよな。

犠牲になるんだよな。

色のない世界で俺は、今まで俺を取り囲んできた誰かの恋について、思い出していた。

いつも誰かが怒っている、泣いている、言い争っている。

何かが失われる。

去年、そうだちょうどこの花壇に、園芸委員で花を植えたときだってそうだった。

園芸委員になったのは、年間の集まりが少なくて楽そうだったからだ。

王子と花。

その組み合わせがお気に召したのか、女の子たちはやけに喜んでいたけど。

花に興味なんてなかった。

まともに触れたことすらなかった。

でも、はじめて触れてみた植物は、みずみずしくてきれいだと思えた。

春の土は、軍手越しにもあたたかかった。

小さな苗を大きな花壇に植えかえていく作業は、意外にも楽しくて、未来が楽しみだと思った。

まだ若いその花のつぼみが、咲けばきっともっときれいだろうと。
だけど次の日、俺の植えた花の苗は花壇になかった。
掘り返された土だけが、無惨に盛り上がって俺を見ていた。
『水樹お前、花まで持ってかれんのかよ。すげえな』
同じクラスの園芸委員の友達が、呆れたように笑った。
『俺はいいけど、花がかわいそうだよね』
『わはは、さすが水樹、花にも王子対応』
『いやいや、真面目に』
笑って軽口を叩きながら、目に映る世界はモノクロだった。
別に責めるつもりはないけどさ。慣れてるし、こういうの。
でも、もう一生花なんて植えねーって思うよ。
恋なんていらねーって思うよ。
誰かの恋は、こうやって俺から奪うよ。
花は抜かれる、学級崩壊は起こる、ジャージはなくなる。
悪いのはきっと俺だから、誰を責めることもできないけど。

でも、奪うばっかりだよ恋なんて。

世間で謳(うた)われるスバラシイ恋なんて、どこにあるわけ?

根こそぎ抜かれた花を見て、俺はそう思ってたんだ。

これまでずっと、そう思ってたんだ。

それなのに。

疲れ果てた俺の前に、春田さんは突然現れた。

『春田さんにとって、恋ってどんなの?』

俺のぶしつけな問いに、

『……人を優しくさせるもの』

迷いなく、大切そうにそう答えた。

『その人が寂しそうにしてたら、笑わせてあげたいなあって思うの。寂しそうにしてる理由が何か、なんて、関係ないの。ただ笑わせてあげたいなあって思うの』

……なんだそれ。

そんな恋、見たことも聞いたこともねーよ。

そう思いながら、なんで?と聞いたら。

『笑顔が、見たいから』

目の前の女の子は、切なそうに笑って、言った。

心臓が驚くほどのスピードで熱くなって、苦しくなって、あのとき俺は。

俺は、彼女を抱きしめたかった。

自分でも追いつけないスピードで、彼女を好きになっていた。

でも恋なんてしたことがないから、わからなかった。

わからなかったけど、どうしてもこのまま手放したくなくて。

『俺に恋、教えてよ。春田さん』

とっさに言った、言葉だった。

ああ、あのときあんなこと、言わなきゃな。

あのとき、俺たちの恋がうまくすれ違ったまま、離れていれば。

こんなふうに踏みにじられることもなかったのに。

泥だらけの上履きに目を落とす。

春田さんは優しい子だから、こんな目にあったことなんてないだろう。

こんなことが今後、春田さんに続いたら。

傷つけられるのが花じゃなく、春田さんの優しさだったら。

しゃがみ込んだまま、深くうなだれたとき。

「あ、王子さまだ」

突然、明るい声が飛んできて俺にぶつかった。

告白なら今だけは勘弁してくれ。

そう思いながらゆっくり顔を上げると、誰かが俺を見おろしていた。

傘の下で、ポニーテールが揺れている。

それは、いつか双眼鏡で見た、昨日春田さんと話していた……、

「白川先輩」

思わず呼ぶと、彼女はにっこり笑った。

「はいどうも、白川でーす」

「……水樹です」

「さすがに知ってますよー」

白川先輩は、傘を揺らしてくすくす笑いながら言う。

「王子さまに名前覚えてもらってるなんて、光栄だわあ」

「……春田さんから、聞いたんで」

春田さんが、うらやましいと言った人。

近くで見るのははじめてだけど、春田さん、やっぱり春田さんしかかわいくないよ。

「お花、好きなの？」

白川先輩は、小首をかしげて聞いた。

「……別に、好きじゃないです」

「でも去年、園芸委員だったでしょ？」

「それはたまたま。……なんで知ってるんですか」

「去年、風香が言ってたから」

即答されて、弱々しい笑みが漏れる。

春田さん、いつから俺のこと好きだったんだよ。

「去年、風香、すっごい怒ってたんだよ？」

白川先輩は出しぬけに言った。

「……何に？」

聞くと、白川先輩は優しく微笑んで俺の隣にしゃがみ、花壇を眺めて答える。

「あたしらが部活してるとき、風香がひとりでここでなんかしてんの見えたから、何してんのって聞いたのね」

「はい」

「あの子、びーびー泣いてお花を植えてたの」

「……え？」

花？

「どうしたの？って聞いたら、水樹くんのお花が誰かに持ってかれたって」

俺は目を見開いた。

……そう、去年、俺の花は誰かに持っていかれた。

「水樹くんが一生懸命植えたものに、どうしてこんなことできるんだろう。こんなの見たら、水樹くんが悲しむ。きっときれいに咲くはずだったのにって」

きっと、きれいに。咲くはずだったのに。

「あの子、スーパー走って買ってきたお花、植え直してたの。ひとつだけ種類が違ったけど、去年ちゃんと咲いてたんだよ。……知ってた？」

俺は首を横に振る。見向きもしなかった。

奪われたら、それで終わりだって。

「優しい子だから、昔から滅多に怒ったり泣いたりしないんだけど。よっぽど悔しかったんだろうね」

去年の春田さんは、同じ委員会で顔と名前を覚えただけの、ただの知らない女の子。

それなのに春田さん、俺のために泣いてたの？

「きみたちがどういう関係か、あたしは知らないけど。あの子って変に不器用なとこあるから、大事にしたげてね」

白川先輩はそう言って立ち上がると、そのまま去っていこうとするから。

「でも、俺が選んだら」

呼び止めるように、声が出た。

手の中の、汚れてくたくたになった小さな上履きを握る。

「あの花みたいに、奪われます」

くるりと振り返った白川先輩は、あっさり言った。

「じゃあ奪われないように、ちゃんと抱きしめてあげなくちゃね」

抱きしめることで、守れるのだろうか。

こんな俺でも。

「きみが守りきれないぶんは、恋がちゃんと守ってくれるから、大丈夫だよ」

恋がちゃんと、守ってくれる。

恋は強いから。すごいから。

走り出していた。

昇降口に向かって走って、そのまま校舎に駆け込んだ。

呼び戻す、絶対、呼び戻す。

双眼鏡でのぞいただけで、真っ赤に照れた顔がかわいかった。

無意識にも意識的にも、かわいいなんて言ったのははじめてだった。

『昔からかっこよくて大人気だったんだよ』

五十嵐先輩を見て、そんなこと言うから。

『俺のがかっこいいよ』

そんなかっこ悪いことまで口走ったよ。

『今も昔も、みんなのあこがれの的だよ』

『白川先輩のことは、うらやましいかな』

切なそうに笑って言うから。

春田さんは、あの男が好きなのか。

そう思ったら、熱くて苦しかっただけの心臓が、急に痛くなって。

『……春田さんは俺のこと好きじゃないから、変な期待とかしないし、学級崩壊も起こさないし』

自分で言っておいて悲しくなって。

そんなことに戸惑っている俺なんて、おかまいなしで春田さんは。

かわいいなんて、言っちゃだめだって。

『水樹くんが、いつか出会うたったひとりの好きな女の子のために、言う言葉だからだよ』

『水樹くんとその子のための、言葉にするべきだからだよ』

真面目な顔で、そんなこと、言ったけど。

目の前のきみが、そんなことバカ真面目に伝えようとするきみが、俺にとってそのたったひとりの女の子だって、わかってたよ。

恋だって、教わらなくたってわかってたよ。

誰かを自分のものにしたいって、生まれてはじめて思った。

でもそれ以上に。

笑っててほしい、笑わせてあげたい、笑顔が見たい。

何より強いその気持ちが、いつも勝った。

泣かせないように、傷つけないように、それぱっかり他人に考えてきた人生で、生まれてはじめて、そう思ったんだよ。

バン、と勢いよく開けたのは教室のドアでも屋上のドアでもなく、放送室のドアだ。

スナック菓子を食べながらテーブルで談笑していた、丸眼鏡の男子と同じく丸眼鏡の女子が、動きを止めて俺を見る。

「え、王子さま……？」

女子のほうが、丸眼鏡の中の瞳を丸くして俺を呼ぶ。

「え、なんで王子がここに？」

男子のほうもつぶやいた。

「あんたなんか王子さまと約束してたわけ？」

「するわけねーだろ、なんで俺が王子と約束すんだよ」

「じゃあなんで王子さま来たんよ」

「知らねーって」

「あんた話しかけなよ」

「無理だって、相手は王子だぞ、見ろよ。すげーイケメン。なんかめっちゃ濡れてるし……」

「水も滴るいい男だねぇ」

マイペースに混乱してマイペースに話し続ける、おそらく放送部のふたりに、息を整えながら聞く。

「放課後も放送ってできんのかな」

ふたりは顔を見合わせて、俺を頭のてっぺんからつま先まで見つめて。

「まず濡れてんの拭いたら？」

「まず土足だめっすよ王子！」

一斉に言うから、張り詰めていた気持ちが途切れて思わずははっと笑ってしまった。

あー、ほんとだ俺、靴も脱いでないわ。

ちょっと意識飛んでたなこれ。

ごめんごめん、と笑ってローファーをぽいぽい脱ぐ。

「ついでにごめん、ちょっと放送の仕方、教えてくんない？」

見たことはあるけどさわったことなんてない、放送用の機械の前で言うと。

「……いいけど、なんで？」

ぽかんとしている男子の横で、女子のほうが眉をひそめて聞いてくる。

俺はにっこり笑って答えた。

「好きな子に、ちょっと愛を」

王子さまは恋をしている

やってしまった。泣いてしまった。責めてしまった。

おまけに投げつけてしまった。

なんであんなこと言っちゃったんだろう。

あんなこと言うつもりで、あそこに行ったんじゃないのに。

ただ好きだよって、伝えたかっただけなのに。

笑わせるどころか、ひどいことをしてしまった。

『水樹くんが好きだから、屋上までついていったんだよ』

どさくさに紛(まぎ)れて、変な告白しちゃったし。

ついていた嘘も、全部ばらしてしまった。

もう水樹くんに合わせる顔、ない。

肩を落として、ガラガラ、と保健室のドアを開けると、白衣を着た先生が驚いて私を見た。

「ちょっとあなたどうしたのそれ！」

そりゃ驚くよね。

全身ずぶ濡れで、上履きも履いていなくて、靴下どろんこで、顔までびしょびしょだし。

「なんかいろいろあって、こんなことになっちゃいました」

眉を下げて笑うと、お母さんと同じくらいの年齢の先生は、呆れた顔でお母さんみたいに言った。

「そこ座って、とりあえずはい、タオル！」

「ありがとうございます」

丸イスに座らせてもらって、タオルで顔や首を拭く。

「……その顔は、いじめってよりは青春ねえ」

着替え着替え、とジャージを探してくれているらしい保健室の先生が、ぼそ、と言った。

「……好きな人と、ケンカしただけです」

敗戦後のボクサーみたいに、頭にタオルをかけた状態でつぶやく。

「雨の中ケンカしてたの？」

「そうじゃないんですけど、結果的に……」

「女の子ずぶ濡れにさせるなんて、男の風上にも置けないじゃない」

「でも、大人気なんですよ」

「へえ、どんな子？」

聞かれて、ふ、と笑う。

いろんな水樹くんが心の中を駆けめぐって、どれも好きで、どうしようもない。

「ちょっと、ずれてるところがあって」

「やだわね」

先生が肩をすくめるので、はい、とうなずく。

「すっごくかっこいいのに、すっごくわからずやなんです」

「わからずや？　男なんてみんなそうよ？」

「でもだからって、ほかの子と付き合うなんて言います？」

「本気じゃないのよきっと」

「わからずやだから、本気で言ってるんですよ」

私はため息をつく。

そして思い出す。

片膝をついて、私のつま先を握った水樹くんの顔を。

どうせ、守ろうとしたんだ。

どうせ、責任感じて。

なんだよ、王子ぶって。

そんなのが欲しいんじゃないのに。

水樹くんは水樹くんだって、何度言えばわかってくれるんだ、わからずや。

もう好きにしたらいいんだ、水樹くんなんて。

「私のこと好きなくせに」

絶対絶対、好きなくせに。

私だって好きなのに。

……どうしてうまくいかないの？

止まっていた涙がまた出てきて、

「あらあら」

先生が困ったように笑って、私の背中に手をそえてくれるから。

う、う、と声を上げて、子どもみたいに泣きはじめてしまう。

「水樹くんの、うう、う、ばかあ……」

嗚咽の隙間で言った、そのとき。

――ピンポンパンポン、ピンポンパンポーン。

のんきな電子音が、天井付近のスピーカーから鳴った。

「あら、放課後に放送なんてめずらしいわね」

先生がスピーカーを見上げて言う。

ひっくひっく、しゃくり上げながら、私もスピーカーを見上げる。

でも、何も聞こえてこない。

「放送部のミスかしらねえ？」

先生がぼそり、言った。

それからしばらくして、ようやくがやがやと、スピーカーから雑音が聞こえてきたかと思えば。

――何、もうこれいけてんの？

突然、話し声が流れた。

……水樹くん、の、声？

――もう流れてる流れてる！

――頑張れ、王子！

知らない男の子と女の子の声が、小さく聞こえて。

――あー……、聞こえますか、春田風香。

今度は水樹くんの声が、はっきりと私の名前を呼ぶから、びっくりして涙が止まった。

何してるの、水樹くん。

――俺だよ、わかる？　聞こえる？

いつものような口調で聞く水樹くんに、こくんとうなずくと、背中をさすってくれていた先生が、目を丸くして私を見た。

水樹くん、わかるよ、聞こえる。

――まだ学校いんなら聞いて。

ここにいるよ、聞いてるよ。

――ごめん。俺がバカでした、間違ってました。

ほんとだよ、バカ。

止まっていた涙がまたにじんで、頬から落ちて首筋を伝って、胸まで届く。

いちばん熱いところに届く。

傷口に染み込んで、さらに熱くなる。

――怒っていいから。

――王子じゃなくて、春田さんだけの男になるから。

その言葉を聞き終わらないうちに、丸イスから立ち上がって、私は保健室を飛び出した。

頭から、タオルが舞って落ちる。

帰るって言っても、水樹くん。

――俺のとこ、帰ってきて。

知ってる？　私たち今、目と鼻の先にいるんだよ。

放送室は、保健室のななめ前。

バンッ、ドアを開けたら。

――雨ですが、待ってます。

マイクに向かってかがんでいる、びしょ濡れの水樹くんがいた。

目を丸くして私を見る。

水樹くんの両脇には、イスに座った知らない男の子と女の子。

ふたりも水樹くんと同じように、眼鏡の向こうの目を丸くして私を見ていた。

「春田さん、足速すぎじゃない？」

水樹くんが真顔で言う。

どこから来たと思ってるの？　王子さま。

「だって、すぐそこにいたんだもん」

泣き笑いして言ったら、瞬間、ぎゅっと抱きしめられた。

体が浮きそうなほど、強く強く。

はじめて水樹くんの胸の中で、涙をこぼした。

ああ、ずっと、こうして抱きしめられたかった。

水樹くんのやわらかい髪が、頬にあたって冷たい。

「……水樹くん、濡れてる」

胸の中でつぶやくと、水樹くんは私の頭に手を乗せて言った。

「誰かさんのこと探しまわってたしね」

「……すみません」

「なんで勝手に出ていくの」

「だってそれは」

「裸足で危ないでしょ。ケガしたらどうすんの」

本気で怒っているような声で言われるから、しゅんとする。

心配してくれてたんだ。

「ごめんなさい」

「ケガしてない？」

「してない」

答えると、水樹くんは心底ほっとしたようにため息をついた。

「あと、王子にもの投げちゃだめでしょ」

「ごめんなさい」

「痛いし許さない」

「ごめんなさい、水樹くんが好き」

抱きしめられたまま、もう我慢できなくて言った。

水樹くんの体から一瞬だけ力が抜けて、でもすぐ、さっきより強く抱きしめられる。

「……痛いよ、春田さん」

耳元で水樹くんが言うから、おでこに命中しちゃったもんなあ、そう思って。

「ごめんね」

肩にうずめられた水樹くんのおでこに触れようと手を伸ばしたら、そっとその手をつかまれた。

「そこじゃない、ここ」

そのまま誘導された先は、水樹くんの胸のあたり。

水樹くんの胸は、とくんとくんとリズムを刻んでいる。

私と同じように。

「痛いのはここなんだよ、ずっと」

水樹くんは言って、本当に痛そうな顔をする。

うれしくて涙が出た。

だって、触れさせてもらえた。

今、心に。

ずっと触れたかったところに。

「……春田さん、俺、知ってるよ」

こつん、おでことおでこを優しくぶつけて、水樹くんは言う。

「さっき春田さんが言ったこと」

さっき？　どれ？

涙で揺れる視界の向こうで、必死に水樹くんの瞳を見つめれば。

「恋は人を、優しくするだけじゃない」

水樹くんは切なそうに目を細める。

「意地悪にするし、傷つけるし、ぐちゃぐちゃにするし、悲しくする」

震える声で言う。

そうだよ。でも。

「……でも、やっぱり、優しくすんね」

水樹くんは言って、ふんわりやわらかく笑った。

そんな笑顔、はじめて見たよ水樹くん。

うんってうなずく。

そうだね、本当に、そうだね。

「全部、春田さんから教えてもらった」

「私だって全部、全部、水樹くんから教えてもらったんだよ……っ」

涙に詰まりながら言ったら、ははっと水樹くんは無邪気に笑って、おでこを私から離した。

見つめ合う瞳の距離は、手のひらふたつぶんくらい。

「春田さんのことが好きです」

ねえ、こんなの奇跡みたいだね、水樹くん。

しゃくり上げて泣く私を、愛しそうに見つめる、愛しい瞳。

「正真正銘、恋です」

「うん、知ってる」

「教えてくれてありがとう」

「こちらこそ、ありがとう」

水樹くんはくったくなく笑う。そして表情を引きしめて。

「守るよ」

ゆっくり優しい声で言った。

「ずっと守るから、春田さんだけの男にならせてください」

涙でぐちゃぐちゃの顔で、目一杯微笑んでうなずいた。

水樹くんは、水樹くんだ。

私の好きな、たったひとりの男の子。


さっきの眼鏡のふたり組は、いつのまにか放送室からいなくなっていた。

機械のすぐそばのイスに、水樹くんは私を座らせる。

濡れてるけど、と、自分のブレザーを脱いで私の肩にかけてくれる。

それから、さっき屋上のドアの前でしたように、私の前に片膝をつく。

「水樹くん、好き」

伝えたりなくて、水樹くんのつむじに向かってつぶやいた。

「ん、俺も好き」

私を見上げた水樹くんの手には、なぜか私の上履きがある。

やっぱりどこかに捨てられていたんだろう、それは汚れてくたくたになっている。

「……見つけて、くれたの？」

聞くと、水樹くんはうなずくこともせず、瞳を揺らしてかすかに微笑む。

「ごめんね」

「ううん、ううん」

泣きながら必死に首を振る私の、汚れた左足を水樹くんは優しくつかみ。

そっと、上履きを履かせた。

「拭いたけど、あんまりきれいになんなかった」

私の左足に目を落として、水樹くんは静かに言う。

「買いかえようね」

でも私は首を振る。

一生、この上履きでいい。

「水樹くん」

だって水樹くん。

「ガラスの靴みたい……」

世界でたったひとりの王子さまが見つけ出してくれた、どろんこの上履きが。

私の目には、何より輝いてきれいに見えた。

「ね？」

同意を求めると、水樹くんはなぜか放心したような顔で、放送室の床に腰を落とす。
片膝を立てて座り込み、私の膝にこてん、と顔をうずめて言った。

「めっちゃ好き」

ぽろりとこぼれたようなその言葉に、胸がいっぱいになって、水樹くんの濡れた髪をきゅ、と握る。
水樹くんは顔を上げずに、右手で私のその手を握って言った。

「なんでそんなにかわいいの」

「え、え……？」

「春田さんが、かわいすぎる」

「な、なんで、かわいくない、全然」

突然の言葉にたじろいで、真っ赤になって否定すると、水樹くんは私の膝から顔を上げて、

「俺、春田さんだけがかわいいんだ」

真面目な顔でそんなことを言うから、私はさらに赤くなってしまう。

「ど、どうしたの急に」

「急じゃない、ずっと言いたかった」

水樹くんは言いきる。

息を止めてただドキドキしている私の頬に、手をそえて見つめる。

どこまでも澄んだ、特別な瞳で。

恋をして揺れている瞳で。

「もう言っていいんだよね？」

「え……」

「好きだし、恋だし、もう言ってもいいんだよね？」

もう一度まっすぐ聞かれて、胸はたやすく射抜かれた。

おずおずとうなずくと。

「かわいい。めちゃくちゃかわいい」

噛みしめるように言ってくれるから、熱でぼんやりする頭で、私も素直な言葉をこぼす。

「……うれしい」

すると水樹くんは、さっきまでの真面目な顔を崩して、くしゃっと笑った。

「な、なんで笑うの？」

「いや、春田さんすごいなと思って」

「え、何が？」

「春田さんの言ったとおり」

水樹くんは、私の頬をむに、とつまんで微笑む。

「かわいいって、春田さんに言うための言葉だったんだ」

……水樹くん、そんなのずるいよ。

雨で冷えたはずの体が、隅々(すみずみ)まであたたかくなっていく。

恋の力があたためていく。

「み、ずきくん」

「うん」

「水樹くん、水樹くん」

何度も呼びたい。

何度呼んでも、うなずいてほしい。

「うん」

あなたはうなずいてくれる人だ。

「水樹くん、大好き」

瞳を見つめて言うと、水樹くんは、ん、とまたうなずいた。

「ねーこれ、好きすぎてどうすんの」

もう片方の頬も優しくつまみ、水樹くんは困ったように聞く。

「どうしましょう」

答える私はたぶん、伸びた頬で情けない顔だ。

「水樹くんって、ほっぺた好きだよね」

「春田さんのほっぺ、さわりたくなるほっぺなんだよ」

「普通のほっぺですが……」

「普通じゃねーよ」

めずらしく語尾を乱暴にした水樹くんは、

「かわいいほっぺです」

そのぶん丁寧に、敬語でそんなことを言った。

「水樹くんのほっぺも、かわいいよ」

私は笑って、水樹くんの頬をつまむ。

「……今めちゃくちゃときめいた」

頬をつねられてもきれいな顔の水樹くんが、きれいな顔のまま言った。

「恋、こわいわ……」

「ね、ほんとにね」

ぼろぼろだもんね、私たち、今。

頬をつまみ合ったまま、くすくす笑う。

恋のぬくもりにくるまれて。

「……でも、スバラシイね」

水樹くんはささやき、頬をつまんでいた両手で私の顔を包むと、そっと唇にキスをした。

すべての想いを伝えるように、ゆっくり優しく。

「……あとやっぱ上履きは買いかえようね」

「はい」

笑い合う放送室の窓の外、とっくに雨は上がって、曇り空に光がさしていた。
私たちがそれに気づくのは、手を繋いで歩く、夕暮れの帰り道のこと。
ふたりのすれ違いの、答え合わせをひとつひとつしながら、ゆっくり歩く帰り道のこと。

翌日、昨日の雨が嘘みたいに空は晴れたけど、私と水樹くんはそれぞれきちんと風邪をひいて、ふたりして学校を休んだ。

【クッキーおいしかったよ】

ベッドで寝ている私のもとに、水樹くんからそんなメッセージが届く。

【食べちゃだめだよって言ったのに】

【食べちゃだめって言われて食べないバカがいるかな】

【言ってる意味、よくわかんない】

【また作ってください】

【お安い御用(ごよう)です】

【やった】

【それよりおなか壊しませんでしたか】

【正直、ちょっと壊しました】

食べなくていいと言ったクッキーを、しっかり食べてくれておなかを壊す。

水樹くんは、王子さまだけど王子さまじゃなくて、だけどやっぱり王子さまだね。

【俺のおなかを壊せるのは春田さんだけですね】

明日の天気はどうだろう。

気になったけど、もう私たちに天気予報は必要ないのだ。

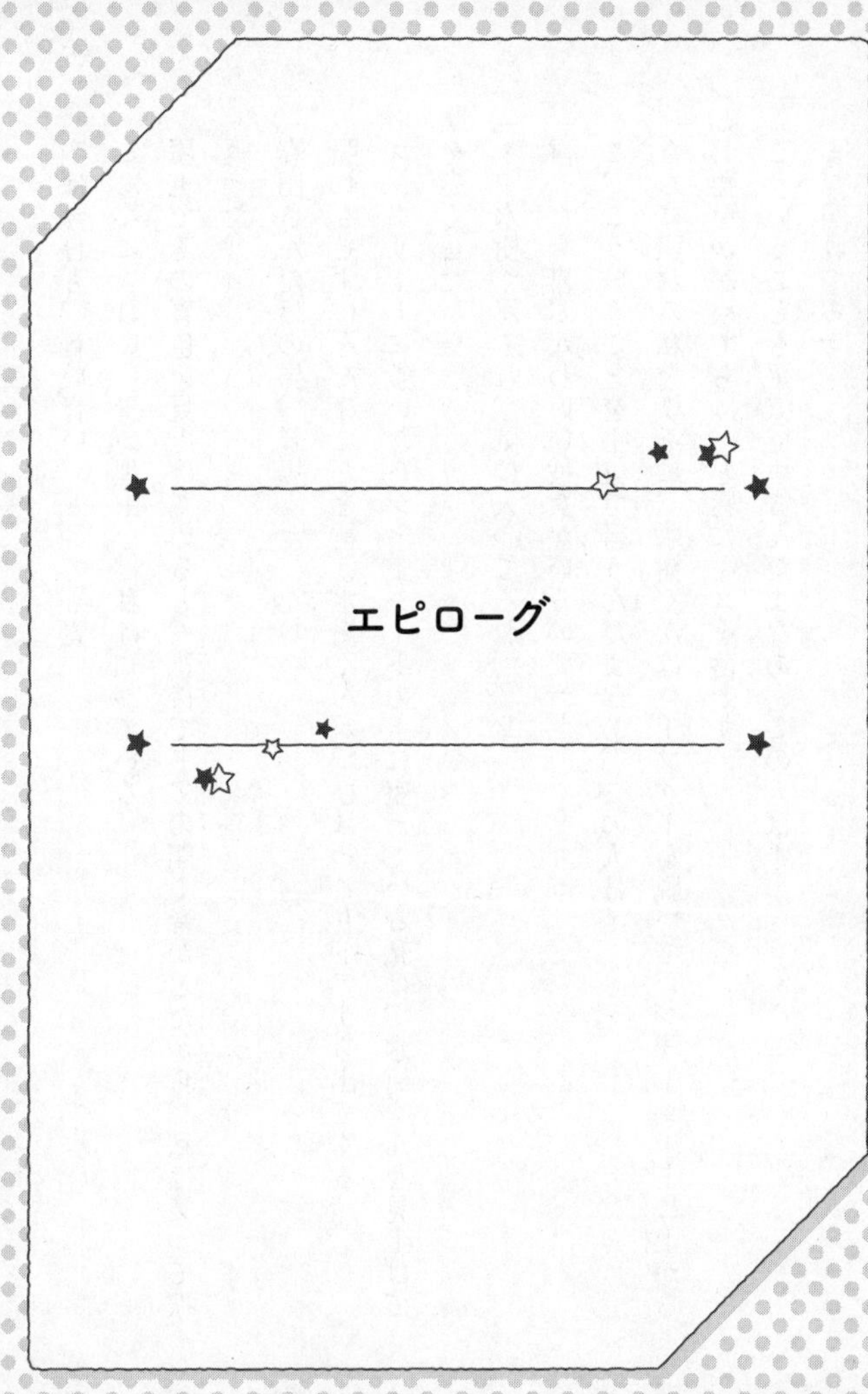

エピローグ

空は今日も、青い青い、とっても青い。

こんなにきれいに青い理由を、私は知っている。

屋上でその青色を見上げていると、背後でドアの開く音がしたから、私は笑って振り返った。

「春田さんだけの男、登場ー」

照れもせずにそんなことを言う水樹くんが、ひょっこりドアから出てくる。

コンクリートに敷いたレジャーシートの上に座っている私は、水樹くんを見上げて顔を赤くした。

「……水樹くんそれ、気に入ってるね」

「言ったら喜ぶかわいい彼女がいるので」

こ、こういうことを平気で言うんだよなあ、この人は！

さらに照れる私をよそに、水樹くんはローファーを脱いでレジャーシートに上がると、腰をかがめてちゅ、と唇にキスを落とす。

こういうことも平気でするんだよなあ、この人は！

「また照れてる」

「照れてない」

「顔赤いよ」

「赤くない……！」

む、と水樹くんをにらむと、眩しいものを見つめるように水樹くんは笑った。

「俺の彼女は照れ屋さん」

……正真正銘、〝ナチュラルたらし王子〟だ。

水樹くんは頬にもキスを落として、私のそばにすとんと座る。

「膝まくら、ください」

そう言って返事も待たずに、ころんと寝転がり私の膝に頭を乗せた。

屋上にレジャーシートを導入してから、水樹くんは疲れると必ず膝まくらを欲しがる。

私はいまだに慣れなくてドキドキして、動きがぎこちなくなってしまう。

だって水樹くんは膝まくらのたびに、その整いに整った顔で、真下から私を思う存分観察するのだ。

「ねー、いい加減慣れなよ」

「慣れないよ……」

「もう学校公認の仲だよ？」

「それは言わないで……！」

水樹くんはくすくす笑って、私の髪先をつまむ。

「ほんとにかわいい彼女だな」

学校公認とはどういうことか、を説明すると。

あの日、そう、私と水樹くんが放送室で想いを伝え合った日。

驚くべきことに、水樹くんは放送室のマイクのスイッチを切っていなかったらしく。

私たちの会話の一部始終が、放課後の校舎に堂々、響きわたっていたというのだ。

『切るの忘れてた』

水樹くんは後日、けろっと言ってのけたけど、わざとなのかそうじゃないのか、いまだに疑わしい。

どうして誰も止めてくれなかったんだ。

止めるべき人たちがいたはずだ。

ほかでもない、放送部のふたりである。

水樹くんに放送の仕方を教えたあのふたりに、その後、感謝の気持ちを伝えると、私たち四人はすぐに仲良くなった。

仲良くなったからこそ、私は怒った。

『ごめんなさいね、うちの彼女、照れ屋さんで』

私の隣で言う水樹くんの脇に、どす、とパンチを入れてから、

『教えてくれてもよかったと思う』

すごんで言うと、ふたりはにへら、と笑った。

『無茶言わないでよ、春ちゃん』

『あんなお熱いところ、誰も止めに入れないって』

『てか、おもしろいからほっといたんだよね』

『うん。王子の公開告白、聞きたかったし』

水樹くんに負けず劣らず、マイペースなふたりなのだ。

そりゃあ、水樹くんとも仲良くなれるわけだ。

『でもおかげで、王子のぞっこんラブが全校生徒に一気に伝わったんだし』

『結果オーライだぜ?』

『新聞部なんて号外出したもんね』

『あれは祭りだったなあ〜』

なんにも知らない私が、休み明けに学校に行ったあの日は、彼らの言うとおり本当にお祭り騒ぎだった。

泣く人、笑う人、それはもうたくさん。

新聞部が出した号外の見出しは、

【王子さま　溺愛発覚】

ふざけているけどインパクト大の文字列で、誰があんなの考えたんだろうね、と照れながら言ったら、

『俺だよ』

水樹くんが飄々と言ったから、私は耳を疑った。

『こう書いてねって新聞部に直訴したんだよ』

『な、なんでそんなこと言ったの……!?』

『だってせっかく取材されたから、注文つけとこうと思って』

『答えになってません』

私がどれくらい、クラスの面々からからかわれていると思ってるんだ。

そう思って、少し怒っていた私だったけど。

『あの新聞のおかげで、だいぶ王子ファン、落ちついたじゃん』

苦笑いの麗ちゃんに言われて、たしかに、とみょうに納得してしまった。

水樹くんを好きな女の子たちは、想像以上に私を認知してくれていた。

桃井さんとは、すれ違っても目も合わない。

麗ちゃんいわく、

『あんな真向から溺愛宣言されたら、みんな戦意喪失するって』

とのことだ。

恥ずかしさはさて置き、そうなのかもしれない、と今は思う。

結局私のローファーは見つからなくて、ぼろぼろの上履きともども買いかえるはめになったけど、その後、私が女の子たちから嫌がらせを受けることはなかった。

おめでとう、と見ず知らずの女の子に言ってもらえることすらあった。

放送も、新聞も、すべて水樹くんの策なのかもしれない。

もしそうなら、私の王子さまのエスコートはまっすぐだ。

誰かを傷つけることなく、私が受けた嫌がらせの報復をすることもない。

ただ自分の恋を堂々と証明することで、たくさんの女の子を納得させた。

それが水樹くんの、恋の守り方だった。

もちろん、みんながみんな水樹くんをすんなり諦められるわけじゃない。

恋がそんなに簡単なものじゃないことは、私も水樹くんも、身をもってわかっている。

だから水樹くんは、今まで以上に誠実だ。

以前よりずいぶん頻度は減ったけど、それでも止まない告白を、水樹くんはひとつも無碍にしない。

すべてきちんと受け止めて、丁寧に断って、もうプレゼントは受け取らない。

そんな彼の横顔に、寂しそうな陰はもうなかった。

王子さまは二度と、ひとりきりで立ち尽くしたりしない。

笑ってまっすぐ、ここへ帰ってきてくれるから。

「水樹くん、プレゼント、断るの大変？」

膝の上の水樹くんに聞くと、まどろんでいた瞳をぱちくりさせた水樹くんは、まーそりゃ、とつぶやいた。

「もらうほうが楽ではあるけど」

「ごめんね、しんどい思いさせて」

「いや俺、今まで楽しすぎだったんだよ」

苦笑いして言う。

あんなに苦労しておいてそんなこと言えるのって、きっと水樹くんだけだよ。

すごいね、王子さま。

「ねー春田さん」

「なあに、水樹くん」

私の膝の上で、私の髪先をくるくるともてあそびながら、空を見上げて水樹くんは聞く。

「なんか最近、めっちゃ空、青くない？」

「……」

「季節のせいかな」

ぼそ、と言うから、私はこらえられなくて、あははは、笑い出してしまう。

「……なんで笑う？」

「ううん、そうだね、青いね」

「おいこら、なんで笑うのか言え」

水樹くんはむす、として私の頬をつまんだ。

それはね、水樹くん。

私たち、恋をしてるからだよ。

教えてくれてありがとう。

でもまだ、もうちょっとだけ、水樹くんには教えてあげない。

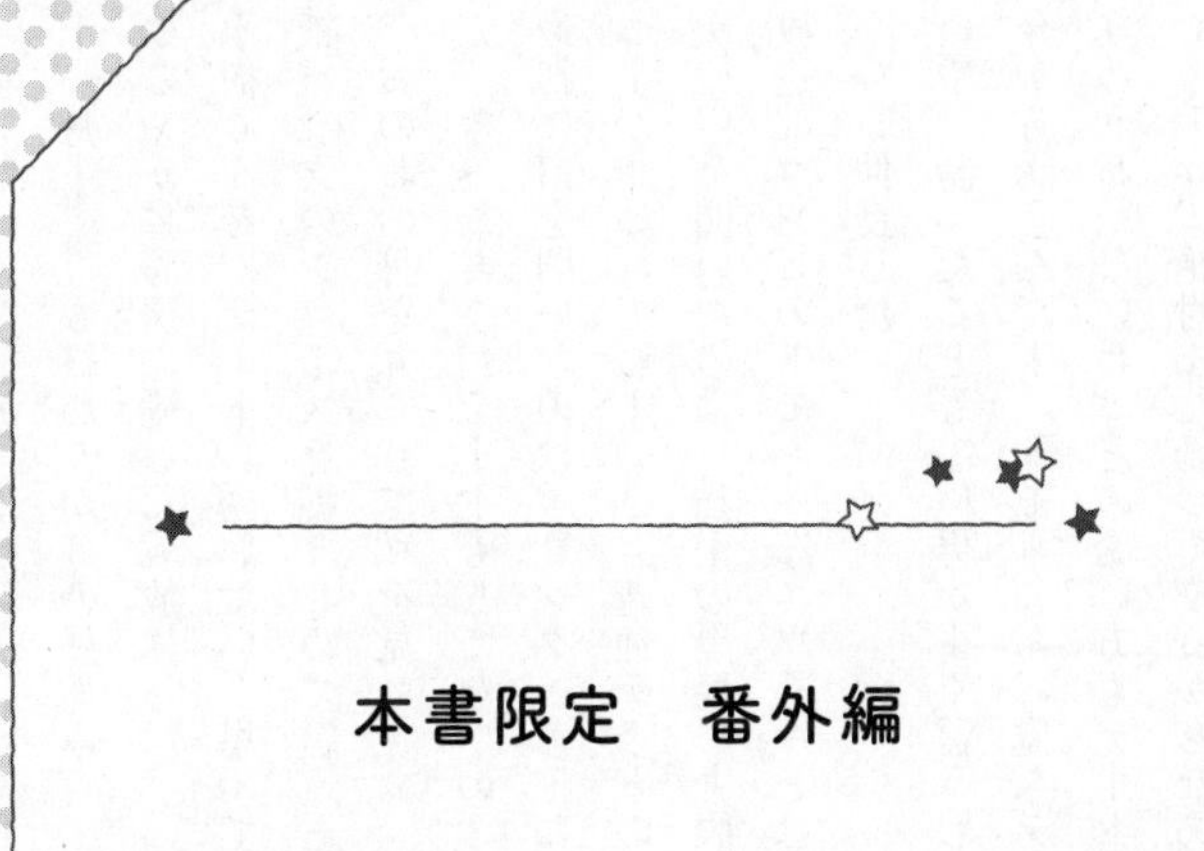

本書限定　番外編

十一月――、も終わりがけの昼休み。

ゆるやかに暖房の効いた、放送室。

「水樹くんを、デートに誘いたいと思ってるんだけど……」

紙パックのジュースを握りしめて言うと、テーブルで昼食を食べはじめていた三人は、おのおの目を丸くして私を見た。

「え、きみたちまだデートもしてないの？」

最初に口を開いたのは、ロングヘアーに丸眼鏡、放送部のトモちゃん。

「つーか誘われてねーの？　普通デートのお誘いは男からっしょ」

次に口を開いたのは、猫毛の黒髪に丸眼鏡、放送部のユウくん。

放送部コンビのトモちゃんユウくんとは、あの一件以来、一緒にお昼を食べたりするくらい仲良しだ。

「いや、誘ったこともない男がよく言うわあ」

「今から誘うんだ！　トモちゃん、俺とデートしよう」

「うわうわ、ないわ。その誘い方もデートもまじでない」

「く……っ、絶対また誘ってやるからなあ……」

「誘っていらんから卵焼き、くれ」

「勝手に取らんといてっ」

ふたりがいつもどおり、らちのあかない痴話ゲンカをはじめたところ。

「つーか、デートより前に修旅じゃない？」

スマホでカレンダーを見ていた麗ちゃんが、ぼそっと言った。

「しゅ、修旅⁉」

私、トモちゃん、ユウくんの三人は、声を合わせて驚く。

「い、いつだっけ⁉」

「来週頭」

「もうそんな？　なんの準備もしてないよ……」

「トモちゃんトモちゃん、修旅でデートしようか」

「いや、班行動っす。まじでないっす」

「てか風香、王子は？　まだ来ないの？」

思い出したように麗ちゃんに聞かれて、私はちらりと壁かけの時計を見た。

昼休みのチャイムが鳴ってから、もう十五分以上たってしまっている。

「今日は遅いねぇ」

苦笑いすると、トモちゃんがユウくんの話をさえぎって私に聞いた。

「まーた告白でしょ？　なんか最近多くないか？」

「うーん。多い……かな？」

曖昧に首をかしげると、トモちゃんがどん、と強くテーブルを叩き。

「王子さま、電撃溺愛発覚から三週間！」

ユウくんが、うむ、と大きくうなずいて宙を見る。

「そろそろ別れてくれないかなあー」

「揺するなら今がチャンスなんじゃないかなあー」

「……って女が増えてる証拠だと思うんだけど春ちゃん、そこんとこ！」

息ぴったりに熱弁するふたりに、私はたじたじ、麗ちゃんはくすくす笑う。

「まあ、王子は風香ひと筋なんだし、問題ないんじゃん？」

「麗ちゃん甘い！　あのねえ、春ちゃんは呑気すぎんの。毎日毎日貴重な昼休み奪われてんのに、彼女が黙ってるなんてそりゃ舐められるよ？」

「放送で呼び出そっか？　早く来ないと彼女が泣いてますよーって」

「そんなことしなくて大丈夫！　泣いてないし！」

優しい顔でおそろしいことを言うユウくんに、私は激しく両手を振った。

このふたりは、校内放送を私的に使おうとしすぎだ。

「でもたしかに、この調子でいけば修旅も告白三昧かもね、王子」

麗ちゃんが苦笑いして言った言葉に、思いがけずしゅんとしてしまったとき。

「はら減った……」

放送室のドアがぱたん、と開いて、水樹くんが放送室に入ってきた。

昼食の入ったナイロン袋を片手に、ぐったりしている水樹くん。

ああ、久しぶりに傾いていらっしゃる。

「王子、おそーい！　もう昼休み終わるよ」

トモちゃんがこぶしを振り上げて叫んだ。

はいはい、と片手を上げて答えながら、上履きを脱ぐ水樹くんと目が合うと。

瞳だけで優しく微笑まれて、胸が苦しいくらいにきゅんとなる。

みんなでいる時間が増えても、こうしてこっそり微笑みかけてくれるところが、とても好きだ。

「ごめんね、遅くなって」

私の頭にぽんと手を置いて、水樹くんは隣のイスに座る。

「ううん、全然」

「なんの話してたの？」

「王子が告……」

「修学旅行！　修学旅行の話してた！」

ユウくんの言葉をさえぎって私が言うと、水樹くんはあー、とつぶやいてスマホを見た。

「来週だっけ。大阪と奈良？」

「さすが王子。風香もトモユウも、みんな修旅のこと忘れてたんだよ」

ため息をついた麗ちゃんに、水樹くんはきょとんとする。

そして私を見つめて、

「春田さんは、ほんとに呑気でかわいいね」

きれいな顔でしみじみと言うから、私はわあ、と赤くなってストローをくわえた。

水樹くん、褒めてるのか褒めてないのかわからないよ、それは……！

「いや王子、私らも忘れてたんですけどー」

「俺も王子にかわいいって言われたいんですけどー」

野次を飛ばすトモちゃんユウくんにおかまいなく、

「かわいいんだろーな、鹿とたわむれる春田さん」

パンの袋を開けながら、水樹くんがひとり言のようにつぶやく。

私はストローで吸い上げていたジュースを、喉に詰まらせそうになった。

「水樹くん！　恥ずかしいからやめて！」

「え？　何が？」

「みんなの前で、か、かわいいとかは！」

「なんで」

「だから、恥ずかしいから！」

「大丈夫、春田さんは恥ずかしがってるとこがいちばんかわいいよ」

悪びれもせずさらっとそんなことを言う水樹くんに、放送室が一瞬静まり返る。

「……デザートごちです」

「もうこれ、ぜーんぶ放送流しとけば解決じゃね？」

トモちゃんユウくんがぼやくそばで、私は爆発しそうなほど赤くなってうつむく。

あくまでマイペースな水樹くんに、あいかわらず振りまわされっぱなしの毎日だ。

だけど振りまわされるたび、好きは募っていくから不思議。

うつむかせた顔をちらっと上げて横顔を見ると、水樹くんはすぐに気づいて、優しく瞳を細めてくれる。

だめだ、すごく好き。

性懲りもなく照れる私と、涼しい顔でパンを食べる水樹くん。

まったく別の話題で騒ぎ出すトモちゃんとユウくん。

そんな私たち四人を、俯瞰して眺めていた麗ちゃんが真顔でつぶやいた。

「デートはどうすんだろ……」

水樹くんをデートに誘おう。

そう思い立ったのは、季節がぐんと冬に近づいたからだった。

学校で一緒にいられる時間は、もちろんたくさんある。

昼休みの水樹くんは、どこで誰といても騒がれてしまうから、放送室を隠れ家にしてみんなで過ごしている。

今日のように、告白で遅れることはあれど。

麗ちゃん、トモちゃん、ユウくんにすっかり心を許している水樹くんを見るのは、うれしいし楽しい。

ふたりの秘密の屋上も、細心の注意をはらってときどき、放課後に使っている。

人目を気にせず、ふたりでゆっくりできる時間。

だけど、ちょっと寒くなってきたのも事実。

真冬になったら日も短くなって、そう長居はできないと思う。

そう、十二月はすぐそこなのだ。

街を見渡せば、北風に身を寄せるカップルばかり目につく。

一緒にいる時間はたくさんあるけど、もう少し落ちついて、水樹くんとふたりきりになりたい。

そんな気持ちが芽生えたころ、ようやく思いついたのだ。

デートだ、と。

放課後、バス停まで歩く道すがら、隣を歩く水樹くんの横顔をちらりと見る。

キラキラと輝く瞳の上で、前髪が儚く揺れている。

……水樹くんは、デートとかそういうのに無頓着そうだ。

「春田さん」

「はい？」

「そんなに見つめられると照れる」

「え……っ⁉」

「どうした、なんかあった？」

まったく照れている様子もない水樹くんが、私の顔をのぞき込んで聞いた。

真剣なまなざしで見つめられて、う、と呼吸が止まる。

デートに、行きませんか。

デートに、行きませんか。

デートに、行きませんか。

息を止めたまま、心の中で三回唱えて、ついに声を出そうとした瞬間。

『つーか、デートより前に修旅じゃない？』

麗ちゃんの言葉がフラッシュバックして、

「修学旅行、楽しみだね⁉」

思わず、デートとかけ離れたことを言ってしまった。

だけど水樹くんは、やわらかく微笑んでうなずいてくれる。

「同じクラスだったらよかったのにね」

「自由時間も、一応クラスの班行動だもんね」

残念だな、とつぶやくと、

「じゃーふたりで抜け出す？」

水樹くんは、思いついたように言った。

跳ねるように胸が鳴る。

鳴るけど、そうできたらうれしいけど、王子が班からいなくなったりしたら……。

「大騒ぎになるよ？」

「なるかな」

「なると思います」

「……まあ、なるか」

水樹くんは遠い目をして、軽く息をつく。

「じゃ、じゃあ……」

「ん?」

「デ……」

デートなんか、どうでしょうか……!

修学旅行が終わったあとにでも……!

勢いで言っちゃえ、と口を開きかけたとき。

「あの、すみません……っ」

前方から声をかけられて、私はとっさに口をつぐんだ。

他校のセーラー服を着た女の子が、顔を真っ赤にして水樹くんを見つめている。

だから正確には、声をかけられたのは水樹くんだ。

「水樹くん、あの、ちょっとお時間いいですか……?」

ちら、と私を見てくれる水樹くんに、私は慌てて手を振った。

「じゃ、じゃあ私、先に帰るね」

「……ん。気をつけて帰って」

どこか寂しそうな顔で微笑む水樹くんを、にっこり笑って励ます。

私は大丈夫だから、行ってきて。

無言でうなずいた水樹くんに背を向け、私はひとり、バス停へと急いだ。

ちょうどやってきたバスに乗り込み、空席に座ってぼんやり窓の外を眺める。

並木道の色づいた葉が、かさかさと風に揺れていた。

ふたりでいるときに、水樹くんが女の子から声をかけられることは、学校内ではほとんどない。

でも一歩、学校の外に出たら、水樹くんは他校の女の子たちから引っ張りだこだ。

帰り道で声をかけられることも、めずらしいことじゃない。

さっきみたいに水樹くんに声をかけるのは、決まっていつもかわいい女の子だ。

バスの窓に映る、いたって平凡な自分の顔をぼんやり眺める。

私なんて、とうてい彼女には見えないんだろうな。

……だめだ、ネガティブ。

ごつんと窓におでこをぶつけ、くだらないことを考える自分を叱った。

水樹くんは、私が不安になる隙もないほど、私を想ってくれている。

勝手に落ち込んだりしたら、水樹くんに失礼だ。

……よし、明日こそデートに誘おう。


そう心に決めたものの、私はその後も見事にタイミングを逃し続け。

「見てよ風香！　この鹿めっちゃかわいい！」

デートのデ、さえ口にできないまま、あっというまに修学旅行へ突入してしまった。

とはいえ、同じ班に麗ちゃんもいて、修学旅行はとても楽しい。

空はさわやかな秋晴れで、修学旅行日和だ。

「麗ちゃん、大人の鹿も欲しがってるよー！」

鹿がたくさんいる公園での自由時間、小鹿におせんべいをあげる麗ちゃんをスマホで撮影しながら笑う。

「わー、まじだ！　でかいのはちょっと怖い！」

「迫力あるよね！」

そんなふうに、麗ちゃんや班の女の子たちとはしゃいでいたところ、突然周囲がわっと華やいだ。

なんとなく予感がして、胸をドキドキさせながら顔を上げると。

「あー、王子の彼女だー！」

Ｃ組の男子たちに声をかけられた。

もちろんそこには、水樹くんもいる。

目が合って私たちは微笑み合う、でも、なんだか機械音が騒がしいな。

……と思ったら、まわりの女の子たちが鹿を撮るふりをして、一斉に水樹くんの写真を撮っていた。

無数のシャッター音を浴びていても、さすがは王子さま、平然としている。

「あ、俺の彼女だ」

「水樹くん、恥ずかしいよ……」

思わずいつもの調子で言うと、Ｃ組の男子たちにわはは、と笑われてしまった。

公園のど真ん中で、さらに恥ずかしい。

「し、鹿、かわいいね！」

しどろもどろしながら言うと、

「ん。かわいい、かわいい」

そううなずいてくれる水樹くんの微笑みが、いつもより眩しくて胸がはやる。

見慣れない景色の中の水樹くんは、なんだかいつもよりかっこよく見えて、写真を撮りたくなる気持ちも少し、わかってしまう。

みんなと同じ制服なのに、水樹くんだけ何かの撮影でここにいるみたいだ。

……そういえば、水樹くんの私服って見たことないな。

ふと思ってから、デート、を思い出して、私ははっと水樹くんを見た。

C組の男子たちも、私の班の女子たちも、もちろん麗ちゃんも、鹿とたわむれて無邪気に笑っている。

この賑やかな雰囲気なら、さらっと気軽に誘えちゃいそう！

「水樹くん……っ！」

思いきって呼ぶと、しゃがみ込んで小鹿を見ていた水樹くんが、ん？と目を細めて私を見上げた。

「……っ」

視界に飛び込んでくる水樹くんと小鹿のツーショットに、思わずぐりんと顔をそらす。

や、やっぱり眩しすぎる……！

「何、どした？」

立ち上がった水樹くんに促されて、私はたじろぎながらも答えた。

「あ、あのね、さっき聞いたんだけど！　小鹿って絶対に触っちゃだめなんだって！　人間の匂いがつくと、親が子育てしなくなっちゃうから！」

「……うん、それは俺も聞いた」

「う、あ、そうだよね！　そりゃそうだ！　気をつけようね！」

またしても、デートからかけ離れたことを話してしまう。

あははは、と空まわりの笑いをこぼしながら、内心で少し泣きたくなっていると。

こんな調子で、ちゃんと誘える日なんてくるんだろうか……!?

「春田さん、熱でもある？」

私の額にそっと手を当てて、水樹くんが聞いた。

少しかがんで目線を合わせてくれると、澄みきった瞳と至近距離で目が合うから、思わずぎゅっとまぶたを閉じる。

だめだ、いつもよりドキドキしてしまう。

「しんどい？」

低くささやくような声も、体に響いて切ない。

「し、しんどくない……！」

「じゃあ、俺になんか言いたいことある？」

妙に鋭く聞かれて、真っ赤になりながらぶんぶん首を横に振った。

とてもじゃないけど、デートに誘えるような心理状態じゃない。

「ほんとに？」

念押しされて、今度はぶんぶん首を縦に振る。

水樹くんの手が額から離れたタイミングで、そろりとまぶたを上げると、なぜか一瞬、心もとなそうな水樹くんの瞳と目が合った。

あれ……、どうしたんだろう。

思ってとっさに、名前を呼ぼうとしたとき。

「水樹ー」

私よりひと呼吸先に、黒縁眼鏡をかけた水樹くんの友達が、水樹くんを呼んだ。

「……何？」

振り返る水樹くんに、あー……、と気まずそうな顔をする、男の子。

「すまん、取り込み中だった？」

「うん。何？」

「えっと……、あっちで、お呼びかかってます」

小声で言う彼が指さす先には、水樹くんを待っているらしい女の子たちがいた。

真ん中のひとりが、前へ前へと押し出されている。

『でもたしかに、この調子でいけば修旅も告白三昧かもね、王子』

麗ちゃんに放送室で言われた言葉が、鈍（にぶ）く胸を刺激（しげき）した。

でも私には、どうすることもできない。

「あ……、じゃあ」

なんとかいつもどおり微笑んで、片手を上げると。

私の手首を、水樹くんがぎゅっとつかんだ。

その力強さに、はっとして息が止まる。

「み、ずきくん、どうし……」

「春田さんが行かないでって言ったら、俺、行かないけど」

まっすぐ見据えられて、そんなことを言われて、たちまち胸がいっぱいになった。

こんなに真摯に想ってくれている水樹くんに、行かないで、なんて言えない。

水樹くんのその気持ちだけで、私にはじゅうぶんすぎるくらいだ。

穏やかに笑って首を振ると、水樹くんはまた、心もとなそうな瞳で私を見て、

「好きだよ、春田さん」

静かにその言葉だけを残し、女の子たちのほうへ歩いていった。

少し離れたところにいる麗ちゃんが、心配そうにこっちをうかがってくれているので、にっこり笑って歩き出そうとしたとき。

「春田さんって、まじで聞き分けいいんだねぇ」

水樹くんを呼びに来た黒縁眼鏡の男の子が、感心したように言うので足を止めた。

「さすが水樹の彼女だなあ」

「ええ？　どこが？」

私は驚いて首をかしげる。

「寛容だなって思って。王子であれども彼氏じゃん？　あんな感じで女にほいほい呼

び出されてんの見たら、普通は嫉妬とかしね？」

「……ほいほい呼び出されてるわけじゃ、ないと思うけど」

水樹くんの友達だとわかっているのに、つい棘のある言葉をつぶやいてしまった。

「や、ごめん。それは言葉のあや」

慌てたように、彼は苦笑いをして手を振る。

「なんていうか……、水樹も切ないのかなあとか、思っちゃって」

「切ない？　どうして？」

「うーん……。男は、好きな女の子には甘えられたい生き物だから？」

甘える？　甘えるって、どうやるんだろう。

でも水樹くんは、私が甘える前に甘やかしてくれている気がするんだけどな。

「デートに行きたいってお願いするのは、甘えるってことになる？」

思わず前のめりになって聞くと、黒縁眼鏡の彼は思いきり声を上げて笑った。

「わはははは、水樹の彼女おもれえ」

「ちょっと、真剣なんですけど！」

「うんうん、なると思うよ。つーか、まだ行ってねえの？　デート」

うわあ、なんだか恥ずかしい。

水樹くんの友達に、こんな話をしてしまった。

「王子さまはマイペースだからねぇ」

訳知り顔でうなずく彼に、私はぽろりと本音をこぼす。

「……でも、今まで、何もかも水樹くんにリードしてもらってたから」

「何もかもって？　キスとかエッ……」

「キスとか！」

何を言われるかわかった気がして、とっさに叫んでさえぎると、彼は愉快そうにくすくすと笑う。

「まだかあ」

「ま、まだ、とかじゃなくて！」

「え、もうしたの？」

「あああああっ、とにかく！　今まで水樹くんに引っ張ってもらったぶん、デートは自分から誘いたいなって！　思ってるんです！」

真っ赤になりながら必死に言うと、今度は体をくの字に折り曲げて笑う。

さっきから、なんでそんなに笑うの……？

いい加減に恥ずかしくなって、うつむくと。

「ごめんごめん。水樹の彼女ってもっと、なんか余裕ぶちかましてるちょっとやな女なのかなって思ってた」

笑い止んだ彼がそんなことを言うので、私は驚いてのけぞりそうになった。

余裕ぶちかましてる、ちょっとやな女……!?

デートに誘うのさえ、こんなに四苦八苦してるのに？

窓に映る自分を見るたび、自信喪失してるのに？

好きすぎて、まっすぐ見つめるだけでドキドキするのに。

「デート、誘えるといいねえ」

衝撃を受けている私に、黒縁眼鏡の彼はしみじみとそう言って、仲間のほうへ戻っていった。

夕方に宿舎へ入り、大広間で夕飯を食べて大浴場から出るころには、すっかり夜。

私も麗ちゃんもクラスのみんなも、もうへとへとだった。

「あれから結局、王子に会えなかったねー？」

割り当てられた部屋へ向かって廊下を歩きながら、麗ちゃんが言う。

すれ違う生徒たちも、私も麗ちゃんも、パジャマ代わりのジャージを着ていた。

「でも、さっきメッセージ送ってくれたよ」

「まじ？　なんて？」

「夜ご飯、おいしかったねって」

なんだそれっ、と麗ちゃんがため息をついたとき、

「春ちゃん麗ちゃん！　いい湯だったねえ！」

廊下の向こう側から、トモちゃんが女の子たちと走るように歩いてきた。

「トモちゃーん！」

私たちも手を振ると、トモちゃんはぐいっと私の首に腕をまわし、

「春ちゃんさん。今さっき、また王子呼び出されてたぜよ」

私の耳元で、そんなことをささやいた。

トモちゃんの眼鏡は、お風呂上りのせいか白く曇っている。

私の心まで、もやん、と曇りそうになるのを、さっとぬぐって私は言った。

「み、水樹くんも大変だねえ」

「消灯時間まで引っ張りだこかもねえ」

やれやれ、というようにトモちゃんは首を振ると、

「まっ、乱入するときは呼んでね！　加勢するから！」

物騒な言葉を残して、女の子たちと去っていった。

「……トモって、なんか男前だよね」

「ユウくんも苦労してそうだよね」

私たちは苦笑いをかわし、また廊下を歩き出す。

途中、麗ちゃんがトイレに寄るというので、私は待っている間に自販コーナーに向かった。

違うクラスの男子や女子が、わいわいと自販機の前で飲み物を選んでいる。

その列に並びながら、私はぼんやり、水樹くんに思いを馳せた。

今さっき呼び出されてたってことは、ちょうど今ごろ告白の真っ最中。

水樹くん、修学旅行楽しめてるかなあ。

なぜか心もとなげだった瞳を思い出して、そこはかとなく不安になる。

『春田さんが行かないでって言ったら、俺、行かないけど』

水樹くんの、まっすぐな言葉。

行かないでって、言わないといけなかったかな。

でも、誰からの告白もきちんと聞いて断ることが、水樹くんの精一杯の誠実だと知っている。

彼女だからって、彼からその誠実を奪うことはできない。

自販機の前はあいかわらず賑やかで、なかなか列は進まない。

小さく息をついてしまったとき、そばから声をかけられた。

「春田さん、ちょっといい？」

見ると、違うクラスの女の子三人が、鋭い視線で私を見ている。

前にもこんなことがあったな、と、一年の桃井さんのことを思い出しながら、私はうなずいた。

話したこともない、名前も知らない彼女たちは、階段の裏の暗がりで私を見据えた。

「これ、ＳＮＳにあがってたんだけど、どういうこと？」

ひとりの女の子に、スマホの画面を突きつけられる。

白く光るそこには、公園で笑い合っている、私と黒縁眼鏡の彼が映っていた。

言うまでもなく、今日の昼間のものだ。

「これがどうかしたの？」

誰がこんなの撮ったんだろう、と思いながら首をかしげると、三人の女の子は一斉に眉をひそめた。

「すっとぼけんなよ」

「ブスのくせに調子乗って、王子の彼女が王子の友達にまで手ぇ出してるって、SNSで噂になってるんですけど」

私は目を見開き、耳を疑った。

いくら私が水樹くんの彼女だからって、噂話があまりに飛躍しすぎだ。

「今日、ほんの少し話しただけだよ。その人の名前も知らないし……」

「春田さんがそうやって言い訳しても、もう手遅れっていうか」

「だいぶ広まっちゃってるしね」

「広まってるって、何が……？」

おそるおそる聞くと、真ん中に立っていた女の子がふん、と鼻で冷たく笑った。

「水樹くんと付き合う前から、春田さんはこの男とすでに付き合ってたとか？」

「そんなわけない！」

私は思わず叫ぶ。

「私はただ、水樹くんが好きで……」

必死に言葉を伝えようとすると、女の子たちはなおさら楽しそうに笑う。

なんで、笑うの？

黒縁眼鏡の彼が私に笑ったのとは違う、悪意の込められた笑顔だった。

「つーか、春田さんってほんとに水樹くんのこと好きなの？」

「え……？」

「ほんとは大して好きでもないから、水樹くんが告られてるときでも、こうやって男と笑ってられるんじゃん？」

心臓が割れたように、乾いた音を立てた。

「ほんとに好きなら、笑えないでしょー」

けらけらと、笑い声が暗がりに響く。

私はずっと水樹くんだけが好きで、とてもとても好きで、その気持ちを伝えることに、ありったけの勇気を使った。

怖かったし苦しかったけど、それでも、あなたが好きだって、言いたかったから。

あなたはこんなに素敵な人なんだよって、教えたかったから。

それは、水樹くんも同じで。

水樹くんに告白する、たくさんの女の子たちひとりひとりも、きっと同じで。

「好き」と伝えることが、どれだけ勇気のいることか、私たちは知っている。

誰かの「好き」を大切にすることは、私たちが伝え合った「好き」を大切にすることと同じだって、知っている。

だから、水樹くんは女の子の告白に出向くし、私は送り出すんだ。

それがどれだけ切なくても。

私だけじゃなく、水樹くんや、水樹くんを好きな女の子たちまで踏みにじられた気がして、悔しくてたまらなかった。

「……あなたたちは、水樹くんが好きなの？」

震える声で聞くと、みるみるうちに瞳に涙が浮かぶ。

「あのさあ、好きじゃなかったらこんなことすると思う？」

「彼女だからってバカにしてんでしょ⁉」

口々に言う彼女たちの顔を、涙でぼやけた視線で見つめる。

「だったら、私じゃなくて水樹くんに、ちゃんと伝えないと」

「はあ⁉　あんたまじで何様？」

「何？　振られるってわかってて告りに行けって言ってんの？」

彼女たちの冷笑に、強くうなずいた瞬間、熱い涙がぽろりとこぼれた。

「水樹くんは……」

瞬きをすると、次から次へと、とめどなく流れる。

おかしいな、泣くつもりなんてなかったのに。

「水樹くんは、聞いてくれるよ。ちゃんと受け取ってくれるよ。気持ちに応えてもらえないことは、つらいかもしれない。応えてもらった私がこんなこと言うの、だめかもしれない。でも、ちゃんとまっすぐ伝えれば、水樹くんを好きって気持ちは、きっと、水樹くんの」

うざ、という冷たい声が投げられる。

でも負けたくなくて、もう一度私は言う。

「水樹くんの……」

水樹くんの心に、なるよ。

心の優しい一部になって、彼の中で生き続けるよ。

そう言いたかった声は、よく知ったにおいの中にふわりと、優しく吸い込まれた。

……どうして、ここにいるの？

こぼれた涙が、水樹くんの胸ににじむ。

彼女たちと私の間に割って入った水樹くんが、私を強く抱きしめていた。

そして、私や彼女たちが何か言うより先に。

「春田さん、俺、ほんとに春田さんのことが好きだ」

静かに澄んだ声で水樹くんは言った。

漏れる嗚咽の中で、こくこくうなずく。

知ってるよ、わかってるよ、私も大好きだよ。

「俺、ちっさいなあ」

水樹くんはつぶやいて、続ける。

「情けないくらい春田さんが好きだから、引きとめてほしいって思っちゃうし、何もかもほっぽって春田さんの隣にいたいって思うこともある、ごめん」

心もとなそうに私を見た、水樹くんの瞳を思い出しながら首を振る。

本当は私だってそうだよ。

水樹くんをひとりじめしたくて、行かないでって、引きとめたくて仕方なくなるよ。

でも。

「でも、頑張って笑って送り出してくれる、そういう春田さんが好きなんだ」

そう、私も。

切ない顔をして、それでも歩いていく水樹くんが好き。

「俺と、俺じゃない誰かの気持ちも大事にしようとする、そういう春田さんが好きなんだ」

私と、私じゃない誰かの気持ちまで大事にしようとする、水樹くんが好き。

「そういう春田さんごと、大事にしたいんだ」

だから、と水樹くんは言った。

「もし、きみたちが俺を好きだと思ってくれるなら」

いつのまにか彼は、彼女たちに語りかけている。

振り返らず、私を強く抱きしめたまま。

「俺の好きな女の子のこと、こんなふうに悲しませないでほしいよ」

ああ、水樹くんは本当に、本当にまっすぐな男の子だ。

愛しくてたまらなくて、泣きながらぎゅっとその胸に抱きつく。

水樹くんは、私の頭の上にそっと優しく手を乗せてくれる。

彼の体の向こう側から、彼女たちのすすり泣きと、走り去っていく足音だけが聞こえた。


私が泣きやむまで、水樹くんはその場で私を抱きしめてくれていた。

駆けつけて守ってくれる、水樹くんはやっぱり王子さまだ。

「水樹くん、ありがとう……」

水樹くんの胸の中で、ようやく顔を上げて言うと。

「クラスのやつから、春田さんが不穏(ふおん)な女たちに連れてかれたって電話が来て、まじで焦(あせ)った」

水樹くんは、困ったように眉を下げてささやいた。

「でも告白、されてたんじゃ……」

中断させてしまったんじゃないかと不安になって言うと、水樹くんは深くため息をつく。

「あのさあ、春田さん、優先順位ってもんがあるでしょ?」

「優先、順位……?」

「基本的に、いちばんは春田さんなの。その大前提で、春田さんが行っておいでって言ってくれるから、俺は行けんの。春田さんが泣いてるかもしれないときに、告白を受けたりしない」

「う……ん」

「告白の中断、学級崩壊、世界の終わり? 全部防げたって、誰の気持ち大事にできたって、春田さんが泣いてたらなんの意味もない」

それは、私もそうだ。

水樹くんが悲しければ、何をどう頑張ったって意味がない。

素直にうなずくと、水樹くんはまたぎゅっと強く私を抱きしめた。

「頼むから、勝手にいじめられないで」

「そ、それは無茶じゃないかなあ……」

「無茶じゃない。こういうことあったら、今後はちゃんと言って。俺も気づけるようにするし、ちゃんと聞くから」

「うん。でも、ほんとに滅多に、こんなことないんだよ」

それはきっと、水樹くんがみんなに誠実だから。

水樹くんのまっすぐさが、たくさんの女の子に伝わっているから。

水樹くんがいないところでも、私は水樹くんに守られている。

「疑わしいよなあ。春田さん、言ってくれないからなあ……」

私の頭にあごを乗せた水樹くんが、ぼやくようにつぶやく。

「い、言うよ、ちゃんと！」

「でもずっと、なんか俺に言いたそうにして言わなかったでしょ」

そう言われて、私はぱっと顔を上げた。

水樹くんが、いて、とあごを軽く押さえながら、恨めしそうな目で私を見おろす。

「本当はこういうことあったのに、言えなかったんじゃないの？」

「違う、それは違う！」

必死に否定する私の頬を、水樹くんは優しくつねって聞いた。

「じゃー俺の彼女は、俺に何を言いたかったの」

伏し目がちに私を見つめる、その表情があまりに色っぽくて、頬がじわりと熱くなる。

こんな流れでデート、なんて、言える……？

ちょっと今は、改めさせてほしい……。

「大したことじゃ、ないので」

「ちゃんと言ってくれないと、キスするよ」

涼しい顔でさらっと言われて、飛び上がりそうになった。

「な、なんで！」

「俺ちょっと怒ってるから、えろいやつすると思うな」

意地悪ぶるでも、冗談めかすでもなく水樹くんがそんなことを言うから。

恥ずかしさと混乱に負けた私は、

「デート！」

ぎゅっと、水樹くんの胸を両手でつかんで言った。

「デート、行きませんか！」

必死に叫んだのに、水樹くんはいたってきれいな真顔で私を見おろしている。

「……春田さん」

「は、い」

「キスされたくないからって、デートでごまかそうとしてるでしょ」

水樹くんは的外れな言いがかりをつけて、私の髪を梳く。

お風呂に入って乾かしたばかりの髪は、するすると水樹くんの指に絡む。

私の耳に髪をかけると、あらわになった頬に唇を寄せた。

しっとり頬に触れるやわらかな熱に、ひゃ、と目を閉じて耐える。

「だめだよ、そういうの」

再び上から私を見おろして、水樹くんはため息をつくから。

この人、あいかわらず本当にわからずやだ！

さすがに頭にきてしまって、私は水樹くんの胸倉を両手でつかんだ。

ぐっと引きよせ、精一杯背伸びして、唇を水樹くんのそれに重ねる。

自分からしたことなんてないし、熱くていっぱいいっぱいだし、水樹くんみたいに上手にできない。

額に触れる水樹くんの髪からは、私と同じシャンプーのにおい。

すぐに離して、のぼせ上りそうになりながら、フリーズしている水樹くんをじっと睨む。

わ、わからずやの王子さまには、徹底的に教えこまないといけない。

「ほんとにデートに行きたいの！」

私は真っ赤な顔で叫んだ。

フリーズしたままの水樹くんが、長いまつ毛で、ぱち、と瞬き。

「ずっと誘いたくて、でも水樹くん見てたらいつもドキドキしちゃって、どうしても言えなかったの！」

「……えっと」

「あと、キスされたくないなんて思ってない！」

「え……」

「水樹くんのことが好きだから！　水樹くんにキスされるのだって、好……っ」

好き、その言葉を掬うように、水樹くんは私に深く口づけた。

重ねられた唇の隙間から、熱い吐息が漏れる。

それがあまりに恥ずかしくて、とっさにうつむくと。

「だめ」

水樹くんは咎めるようにささやき、唇を重ね直すことで私を上向かせた。

今度は、真上から食べられるようなキスになる。

優しくそっと舌を這わされた私の唇は、ごく自然に開き、水樹くんを受け入れた。

水樹くんのキスはいつだって、言葉にできない気持ちを私の中に流し込むようだ。

私の気持ちも流れ込めばいい、そう思って、私も深く応える。

穏やかに燃えるように、顔も唇も胸も、どこもかしこも熱かった。

最後に水樹くんは、ちゅ、と軽く触れるだけのキスをして、私から離れる。

壮絶な色気で見おろされて、なんだか悔しくなって、私は涙目で水樹くんを見つめた。

「ちゃんと言ったのに、キスした」

「キスされたいって春田さんが言った」

「さ、されたいとは言ってない！」

思わず大きな声で否定すると、水樹くんは切なげに瞳を細めて微笑んだ。

「うん、ごめん。うれしすぎて我慢できなかった」

胸がいっぱいになって、それだけで泣きたくなる。

こんなふうに喜んでくれるなら、できるだけ彼の前では素直な自分でいよう。

私はこっそり、そう心に誓う。

いつも素直でいること。

それが、水樹くんに甘えるってことになればいいな。

それで水樹くんが喜んでくれたら、私はもっとうれしい。

導き出せた答えを確かめるように、私はぎゅっと水樹くんに抱きつく。

「今日の春田さん、やばいね」

「やばい？」

「やばいよ。かわいいの最高値を叩き出しまくってるよ」

いたって真面目におもしろいことを言いながら、私の頭を撫でてくれる。

とくんとくんと、水樹くんの胸が鳴っている。

「デート、いやじゃない?」

ひとり言のような細い声で聞くと、水樹くんは、はは、と短く笑った。

「いやなわけない。でも、春田さんはいやかも」

「ええ、何が?　どうして?」

「俺、見てのとおりかっこいいじゃないですか」

「ふふ、はい」

「街中ですぐ目立っちゃうんだよね。だから春田さんに、いやな思いさせるかも」

心底困ったような声で言うから、胸の中で、ふふふ、とまた笑ってしまった。

「なんで笑う」

「王子さまは、休日も大変なんだなって思って」

「そう大変。好きな子うかうかデートにも誘いづらい」

真綿(まわた)に包まれたように、胸があたたかくなる。

水樹くんも、誘おうとしてくれてたんだな。

ああ、でも。

「誘ってくれなくて、よかった」

つぶやくと、戸惑ったような声を出す水樹くんを見上げて笑う。

「デートは、私から誘いたかったんだよ」

成功だ。

そう言ったら、水樹くんはめずらしく、本当にめずらしく、耳をほんのり赤らめて

私から目をそらした。

「……かわいすぎて、殺す気か」

かわいいのは、水樹くんのほうだ。

かっこいいのも、優しいのも、愛おしいのも、水樹くん。

全部全部、私だけの王子さま。

「水樹くん、大好き」

照れながら微笑み合って、私たちはもう一度、ゆっくりあたたかなキスをした。

ニット帽を深くかぶった水樹くんと、休日、手をつないで街を歩いたりするのは。

それからほんのちょっとあとの、冬のお話である。

終わり

あとがき

このたびは、『学校イチのモテ王子は、恋を知りたい』をお手に取ってくださり、本当にありがとうございます。作者の町野ゆきと申します。

私のようなちっぽけな人間にとって、小説を書くことはいつも挑戦です。何せ本当にちっぽけなので、書きながら悩んでしまうこともあるのですが、そんな苦悩も丸ごと含めて、とても楽しい挑戦です。その楽しさが、作品を通してほんの少しでも読者の方に伝われば、小説はより楽しいものになるはず。だから目一杯楽しんで挑戦しよう。いつもそう決めています。本作は、王子さまと普通の女の子が恋をする、という語られ尽くしたテーマの中での挑戦でした。

この世界には溢れるほどラブストーリーがあって、もう散々に語られ尽くしているように見えるのに、それでも人がラブストーリーを語り続けるのはどうして？　読み続けるのはどうして？　そんなことをのほほんと考えて生きているのですが、どれだけ考えても答えはひとつ、この世界に、同じ恋などひとつも存在しないからです。

ちっとも大層な答えではないですし、そもそもこの世界には同じ人間が存在しないのだから、同じ恋が存在しないなんていうのは当然のこと。しかし私は、ふと思うのです。それってとてつもなく、愛おしいことなんじゃないか……？

この世界に生きるたった一人とたった一人が、出会って生まれる恋だからこそ、恋は世界にたったひとつ。私が感じたその愛おしさを、王子さまと普通の女の子、というありふれたお話の中で、心を込めて伝える。そんな挑戦の本作でした。書籍というかたちにしていただけたこと、あなたの手の中に置いていただけたこと、本当にうれしくて、いくらお礼を言っても足りません。

水樹が風香に投げかけた、「恋ってそんなスバラシイもん？」「恋ってどんなの？」という問いは、私が小説を書くにあたって、いつも自分に投げかけている問いでもあります。水樹と風香が恋に辿りついて見つけた答えを、私の中にある答えのひとつとして胸に置き、これからも小説を書いていきたいと思います。

いつも挑戦する勇気をくださるのは、お言葉を寄せてくださる、あたたかく見守ってくださる、一人一人の読者さまです。本当にありがとうございました。

二〇二一年十二月二十五日　町野ゆき

町野ゆき（まちの　ゆき）

すぐに甘いものを食べようとする。よく寝る。脳内でのみ、よく踊る。夏が苦手。秋に育ち、冬にめきめきやる気を出す。レイトショーを観にいくのが好き。将来の夢は動物博士。車の運転がうまい大人に憧れている、ペーパードライバー。『無気力系幼なじみと甘くて危険な恋愛実験』（スターツ出版刊）にて書籍化デビュー。現在は、ケータイ小説サイト「野いちご」を中心に執筆活動中。

池田春香（いけだ　はるか）

福岡県出身で誕生日は4月22日のおうし座。2009 年に『夏の大増刊号りぼんスペシャルハート』でデビュー。以降、少女まんが雑誌『りぼん』で漫画家として活躍中。イラストレーターとしても人気が高く、特に10代女子に多大な支持を得ている。餃子が好きすぎて自画像も餃子に。既刊コミックスに『ロックアッププリンス』などがある。

町野ゆき先生への
ファンレター宛先

〒104-0031　東京都中央区京橋1-3-1　八重洲口大栄ビル7F
スターツ出版（株）　書籍編集部気付　町野ゆき先生

この物語はフィクションです。
実在の人物、団体等とは一切関係がありません。

学校イチのモテ王子は、恋を知りたい

2021年12月25日　初版第1刷発行

著　者　町野ゆき

発行人　菊地修一

イラスト　池田春香

デザイン　齋藤知恵子

DTP　株式会社 光邦

編集　相川有希子　酒井久美子

発行所　スターツ出版株式会社
〒104-0031
東京都中央区京橋1-3-1 八重洲口大栄ビル7F
出版マーケティンググループ TEL 03-6202-0386
(ご注文等に関するお問い合わせ)
https://starts-pub.jp/

印刷所　株式会社 光邦
Printed in Japan

ISBN 978-4-8137-1194-0 C0193

恋するキミのそばに。

♥野いちご文庫人気の既刊！♥

私の彼氏は親友とデキていました

かなゆな・著

高校生の愛衣は、彼氏と親友の浮気現場を目撃。ショックを受ける愛衣を救ったのは、学校でも有名なイケメンの玲央だった。なにも聞かずに愛衣のそばにいてくれる玲央に惹かれていく愛衣。そんな中、新しくできた友達の香里が玲央を好きだと言い出して…。

ISBN978-4-8137-1166-7　定価：660円（本体600円＋税10%）

ずるいよ先輩、甘すぎます

雨（あめ）・著

誰のヒロインにもなれないと思い込んでいる高２の紘菜。１歳年上の幼馴染、翔斗を一途に想っていたが、大失恋…。悲しみにくれる紘菜の前に現れたのは、イケメンの三琴先輩。振られた者同士のふたりはお互いを励まし合い、急接近！紘菜が胸キュン♡ストーリーのヒロインに!?

ISBN978-4-8137-1123-0　定価：660円（本体600円＋税10%）

告白したのは、君だから。

神戸遥真（こうべはるま）・著

まじめで内気な高１の里奈は、同じクラスのイケメン一輝からの“嘘の告白”に、騙されたふりをして付き合いはじめる。明るく優しい一輝に次第に心惹かれてしまい、その想いを断ち切らなくてはと悩む里奈。でも、一輝の本当の想いは――？ピュアなふたりのじれったい恋の行方に胸キュン。

ISBN978-4-8137-1065-3　定価：660円（本体600円＋税10%）

大好きなキミのこと、ぜんぶ知りたい

灯えま（ともり）・著

高２の虹は、女子に冷たいけど超モテモテな幼なじみの千尋が好き。でも虹は、千尋の兄・千歳と付き合っていた過去が引っかかっていて、想いを伝えられずにいた。一方、子どものころから虹が好きなのに、虹は今も千歳が好きだと思い込んでいる千尋。勘違いしたままの千尋に虹は動き出すけれど…!?

ISBN978-4-8137-1037-0　定価：682円（本体620円＋税10%）

書店店頭にご希望の本がない場合は、書店にてご注文いただけます。

恋するキミのそばに。

♥ 野いちご文庫人気の既刊！ ♥

今日、キミとキスします

高２の日詩はクールなモテ男子・瀬良くんに片想い中。彼のことを見ているだけで十分だったのに、ある日、廊下でぶつかった拍子にキスしてしまい!?　気まずくなるかと思いきや、それをきっかけに彼との距離が急速に縮まって…。ほか、好きな人とキスする瞬間を描いた、全７話のドキドキ短編集！

ISBN978-4-8137-1004-2　定価：704円（本体640円＋税10%）

だから、俺の彼女になってよ。

☆*ココロ・著

親友・和也を秘かに想う澪南は、和也に気になる人がいると告白され大ショック。それでも健気に好きな人の恋を応援する彼女の前に現れたのは、笑わないクールな王子様、千歳。キツイ毒舌を浴びながらも、その裏の優しさに触れた澪南はどんどん惹かれていって――。切なくて甘い恋物語。

ISBN978-4-8137-0989-3　定価：660円（本体600円＋税10%）

はちみつ色のキミと秘密の恋をした。～新装版 はちみつ色の太陽～

小春（こはる）りん・著

ある日、ひょんなことから学校一イケメンで硬派な陽の秘密を知ってしまった高2の美月。いつもはクールな陽のギャップに驚きつつ、美月は陽の偽カノとなり、みんなには秘密の関係に。不器用だけど優しい陽に少しずつ惹かれて…。第10回日本ケータイ小説大賞受賞の史上最強学園ラブ。

ISBN978-4-8137-0974-9　定価：682円（本体620円＋税10%）

キミの隣でオレンジ色の恋をした～新装版　オレンジ色の校舎～

由侑（ゆう）・著

高校生の遥は、中学時代の元カレ・朱希にずっと片想い。失った恋を忘れられないまま、クラスメイトの朱希を見つめるだけで、自分の気持ちを伝えられない日々を送っていた。久しぶりの朱希との会話から、遥の気持ちはますます高まってきて…。一途な想いから生まれる、甘く切ない恋物語。

ISBN978-4-8137-0957-2　定価：693円（本体630円＋税10%）

書店店頭にご希望の本がない場合は、書店にてご注文いただけます。

恋するキミのそばに。

♥野いちご文庫人気の既刊！♥

クールなキミが最近優しいワケ

Milky（ミルキー）・著

高２の陽和は控えめな性格のピュア女子。イケメンで優しい先輩に片思い中。そんな陽和に対してクラスメートの橘くんはいつも冷たい態度だけれど、嫌いだというわりになぜか陽和が困っていると助けてくれる。戸惑いながらも、橘くんの不器用な優しさに少しずつ陽和の心が動きはじめ…。

ISBN978-4-8137-0941-1　定価：693円（本体630円＋税10%）

先輩、これって恋ですか？

水沢（みずさわ）ゆな・著

恋愛未経験で内気な高１の春香。昼休みに出会った学校一のモテ男でイケメンな智紘先輩に気に入られ、強引だけど甘～いアプローチにドキドキしっぱなし。「俺以外の誰かになつくのダメ」なんて、独占欲強めだけど、チャラいだけじゃない先輩の優しさに触れ、春香は少しずつ惹かれて…。

ISBN978-4-8137-0940-4　定価：660円（本体600円＋税10%）

今日、キミに恋しました

恋に奥手の高２の七海は、同じクラスのイケメン＆人気者の南条くんがちょっぴり苦手。ところが、あることをきっかけに彼と話すようになり、彼を知れば知るほど七海は惹かれていき…。ほか、クラスや学校の人気者、大好きな人と両想いになるまでを描いた、全５話の甘キュン短編アンソロジー♡

ISBN978-4-8137-0924-4　定価：660円（本体600円＋税10%）

どうして、君のことばかり。

夜野（よるの）せせり・著

親友・絵里と幼なじみでイケメンの颯太、颯太の親友で人気者の智也と同じクラスになった高１の由奈は、智也に恋をする。でも、智也が好きなのは由奈じゃなく…。落ち込む由奈を心配してくれる颯太。颯太は、ずっと由奈が好きだった。やがて由奈は、ひとりの男の子として颯太が好きだと気づくが…。

ISBN978-4-8137-0925-1　定価：660円（本体600円＋税10%）

書店店頭にご希望の本がない場合は、書店にてご注文いただけます。